Disney Alice au Pays des Merveilles

L'édition originale de cet ouvrage a paru en langue anglaise chez
Disney Press, New York, sous le titre :

Alice in Wonderland

Texte de T.T. Sutherland

Un film réalisé par Tim Burton, d'après le scénario de Linda Woolverton

Traduit de l'américain par Natacha Godeau

Conception graphique : Audrey Cormeray

Hachette Livre, 43 quai de Grenelle, 75015, Paris

Disney Alice au Pays des Merveilles

hachette JEUNESSE

Prologue

Londres, 1855

Alice Kingsleigh s'éveilla en sursaut.

Son cœur battait à tout rompre. Encore ce rêve. Toujours le même…

La pénombre envahissait la chambre. Seul un rai de lumière, provenant du couloir, s'insinuait sous la porte. La fillette de neuf ans repoussa la couverture épaisse au bout de son lit et frissonna en posant ses pieds nus sur le parquet. Des voix lui parvenaient du bureau du rez-de-chaussée. Celle de son père d'abord, forte, rassurante, accompagnée des rires de ses amis.

Les rideaux de dentelle s'agitèrent lorsque Alice entrouvrit sa porte. Elle se faufila dans le corridor, pâle et fantomatique dans sa longue chemise de nuit blanche. Le plancher gémit quand elle passa à pas furtifs devant la chambre de sa mère. Alice s'immobilisa, attendant que celle-ci lui crie sévèrement de retourner se coucher. Mais rien. Juste un nouvel éclat de rire, dans le bureau d'en bas. Soit sa mère dormait déjà, soit elle faisait semblant ! Alice dévala alors l'escalier, sa petite main glissant, légère, sur la rampe de bois poli. Puis elle vit son père bien-aimé, en grande conversation dans son bureau, et elle s'arrêta net dans l'embrasure de la porte.

Charles Kingsleigh se tenait dos à la fenêtre, dans la lueur du feu dans la cheminée. Il s'exprimait avec ferveur. Aussi captivés qu'Alice, les hommes assis devant lui l'écoutaient, leur exposer son nouveau projet. La fillette n'y comprenait pas grand-chose. Sauf que, venant de son père, il s'agissait forcément d'une idée fabuleuse !

Alice scruta avec curiosité l'assemblée d'invités. Elle reconnut Lord Ascot, un aristocrate austère, totalement à l'opposé du caractère enjoué de son père. Lord Ascot avait un fils, Hamish, un petit garçon prétentieux dépourvu du moindre sens de l'humour. Alice le trouvait d'ailleurs assez horripilant. Mais elle s'efforçait de se montrer gentille envers lui. Après tout, pensait-elle, elle serait certainement horripilante, elle aussi, élevée par des parents tels que Lord et Lady Ascot…

Alors que Charles Kingsleigh, lui, était un père formidable. Ils se comprenaient tellement bien, tous les deux ! Alice s'appuya à la porte du bureau et attendit sans bouger qu'il remarquât sa présence.

— Charles, mon ami, je crains que vous n'ayez perdu l'esprit ! s'exclama Lord Ascot.

— Ce projet est dément, renchérit un autre homme dont la moustache se contractait nerveusement. C'est impossible !

Charles sourit. Aussitôt, Alice se sentit réconfortée. Comment ces gens pouvaient-ils douter un seul instant du talent de son père ?

— Impossible, certes, mais pas pour tout le monde, déclara-t-il avec assurance. Messieurs, décider que l'impossible est possible est le moyen infaillible de le rendre accessible !

Alice fronça les sourcils. Voilà une petite phrase qui méritait réflexion… Un homme en costume sombre mal taillé soupira d'une mine navrée :

— Vraiment, Charles ! Ce genre de raisonnement pourrait vous conduire directement à la ruine…

— Je suis prêt à courir le risque ! s'enflamma Kingsleigh. Imaginez un peu ça : commercer avec Rangoon, Bangkok, Jakarta… !

Il parlait en agitant les bras, l'œil brillant à l'évocation des ports exotiques dont il rêvait de conquérir le marché… et s'interrompit soudain en apercevant Alice. Il la rejoignit à larges enjambées, tandis que son auditoire se retournait, étonné, vers la porte où se tenait une frêle petite fille blonde en chemise de nuit. Charles s'agenouilla et la prit gentiment par les épaules. Elle tremblait.

— C'est encore ce vilain cauchemar ? lui demanda-t-il avec douceur.

Alice opina du chef, la tête pleine de chats invisibles et de lapins bavards. Alors son père lui attrapa la main et s'excusa auprès de ses invités :

— Je reviens, messieurs. Ce ne sera pas long.

La fillette se blottit avec bonheur contre lui quand il la porta dans l'escalier. Helen Kingsleigh aurait été scandalisée qu'Alice surgisse ainsi au beau milieu de l'une de ses soirées. Elle aurait renvoyé sa fille au lit sans ménagement. Mais Père, lui, la comprenait toujours ; il répondait toujours présent pour sa petite Alice…

Il la ramena à sa chambre et la borda dans son lit avant de s'asseoir auprès d'elle.

— Vas-y, raconte-moi tout, ma chérie.

— Eh bien, je commence par tomber dans cet immense puits tout noir. Et puis, des tas de créatures bizarres arrivent…

La fillette hésita. Cela paraissait si étrange à raconter ! Mais son père l'écoutait avec attention. Il insista :

— Et à quoi ressemblent-elles donc, ces créatures ?

— Il y a un dodo, par exemple. Et un lapin qui porte un veston. Et un chat qui sourit…

— Tiens ? J'ignorais que les chats pouvaient sourire, remarqua Charles Kingsleigh d'un ton très docte.

— Moi aussi, admit Alice.

Mais ce chat-là souriait, ça oui. Elle revoyait même son sourire flotter tout seul dans les airs, après que le reste de son corps eut disparu… Rien que d'y songer, elle en avait la chair de poule !

— Oh, et la chenille bleue, aussi ! ajouta-t-elle brusquement en repensant au gros champignon rond sur lequel l'animal vivait.

— Une chenille bleue…, répéta son père dans un murmure.

Alice le dévisagea avec inquiétude.

— Alors ça y est, hein ? Je suis devenue folle ?

Son père lui tâta le front en imitant le docteur, quand il vérifiait sa fièvre. Il grimaça un *« mauvaise nouvelle, Miss Kingsleigh ! »* comique et répondit :

— J'en ai peur, hélas !

Alice écarquilla les yeux. Il poursuivit :

— Oui, folle à lier. Dingue. Tourneboulée. Foltoquée. Complètement cinglée. Mais laisse-moi te confier un secret : tous les gens bien le sont !

Il lui sourit à nouveau, et Alice ne put s'empêcher de lui sourire en retour, amusée. Elle posa la tête sur son épaule en poussant un petit soupir.

— Allons, c'est fini, reprit Kingsleigh. Ce n'était qu'un rêve, et un rêve ne peut te faire aucun mal. Si tu es trop effrayée, tu n'as qu'à te réveiller. C'est facile !

Il lui pinça le bras, pour lui montrer. Elle cria de surprise avant de pouffer et de le pincer à son tour. Il s'esclaffa en lui ébouriffant avec amour les cheveux.

— Tu as tout compris, ma chérie ! Tu vois ? Il n'y a vraiment pas de quoi s'en faire pour un simple rêve !

Il se pencha vers elle, afin de l'embrasser sur le front. Puis il se releva et lui tapota ses oreillers.

— Merci, Père, chuchota la fillette.

Cependant, en l'entendant descendre l'escalier, au bout du couloir, elle se remit à trembler.

Un rêve, cela ne pouvait quand même pas sembler si réel… ?

Dix ans plus tard

Les chevaux lancés à vive allure, le fiacre brinquebalait à travers les faubourgs londoniens. À l'intérieur de la cabine exiguë, Alice Kingsleigh, la mine boudeuse, tripotait l'ourlet de sa robe. Elle aurait tout donné pour passer la journée à lire au jardin avec un mignon chaton. Au lieu de quoi, elle se retrouvait contrainte d'assister à une garden-party sinistre et ennuyeuse à mourir, en compagnie de gens tout aussi sinistres et ennuyeux à mourir…

La fillette d'autrefois, hantée par d'étranges cauchemars, s'était muée en une gracieuse jeune fille aux immenses yeux noisette. Elle était d'une grande beauté, avec ce je-ne-sais-quoi dans le regard qui suggérait une façon insolite d'appréhender le monde.

Assise à son côté sur la banquette du fiacre, sa mère s'escrimait à lui ramener les cheveux en arrière. Helen Kingsleigh ne parviendrait jamais à accepter la nature indomptable de la chevelure d'Alice ; ses boucles dorées semblaient s'évertuer à s'évader des épingles ! La jeune fille grogna lorsque sa mère tira sur une mèche particulièrement rebelle.

— Devons-nous vraiment y aller, Mère ? Je suis sûre qu'ils ne remarqueraient même pas notre absence…

Alice bâilla à s'en décrocher la mâchoire. Le trajet l'assommait tant physiquement que moralement. La seule idée de soutenir poliment des heures de conversation insipide l'accablait.

— Oh, ils la remarqueraient, je te l'assure ! protesta Helen d'un ton ferme.

Là-dessus, elle remit de l'ordre dans la tenue

d'Alice. Elle lui arrangea sa longue jupe bleue, lui réajusta sa ceinture avec soin. Puis elle lui tâta la taille du bout des doigts et…

— Alice ! Ton corset, où est-il ?

Cette enfant était-elle donc incapable de s'habiller par elle-même ? Craignant le pire, elle souleva légèrement sa robe afin de lui découvrir les chevilles.

— Et tes bas ! s'indigna-t-elle. Alice, tu ne portes pas de bas !

— Je suis contre, expliqua simplement la jeune fille en bâillant à nouveau.

— Mais c'est inconvenant ! Que vont penser les Ascot ?!

— Qui décide de ce qui est convenable ou pas ? raisonna alors Alice avec cette espèce de logique inédite héritée de son père. Si les convenances exigeaient que l'on portât un poisson sur la tête, vous y plieriez-vous, Mère ?

Helen ferma les paupières.

— Eh bien, pour moi, porter un corset, c'est aussi extravagant que de porter un poisson en guise de chapeau ! termina la jeune fille.

— Alice, par pitié. Pas aujourd'hui !

La jeune fille poussa un soupir de frustration. Elle regarda par la vitre de la portière et marmonna :

— Père en aurait ri, lui, au moins…

Regrettant aussitôt ces paroles, elle se retourna vers sa mère, visiblement chagrinée.

— Je suis désolée. Je suis fatiguée. J'ai mal dormi cette nuit.

Helen lui tapota la main pour lui montrer que c'était oublié et s'enquit :

— Tu as encore eu des cauchemars ?

— Juste un, répliqua Alice en songeant à la chenille bleue, au lièvre toqué et au chat invisible. Toujours le même. Et depuis que je suis toute petite. Pensez-vous que cela est normal, Mère ? Je veux dire, la plupart des gens font des tas de rêves différents, non ?

Elle interrogeait sa mère d'un œil insistant, mais cette dernière préféra reprendre l'examen de sa tenue vestimentaire. Charles avait toujours prêté volontiers attention aux cauchemars de leur fille. Pas elle.

— Je l'ignore, se contenta-t-elle de répondre vaguement.

Elle ôta soudain son collier et l'attacha au cou d'Alice.

— Voilà ! Comme ça, c'est parfait !

Puis elle lui pinça doucement les joues, qu'elle avait plus pâles que la porcelaine, et ajouta :

— Un sourire, Alice, serait-ce trop demander ?

L'attelage venait de ralentir le pas en pénétrant dans la longue allée du manoir Ascot. Alice sentit sa migraine empirer quand le fiacre s'arrêta et qu'elle descendit de voiture avec sa mère.

La réception battait son plein dans les jardins. Des ladies apprêtées à la dernière mode estivale arpentaient les parterres fleuris en jacassant comme des pies. Plus loin, de petites barques flottaient paresseusement au fil des méandres d'un bras de rivière. Un groupe d'invités jouait au croquet, sur la grande pelouse du parc. Les boules de bois rouges, jaunes et bleues se détachaient nettement sur le vert franc de l'herbe rase, et Alice repensa subitement à son rêve. Un passage où des personnages aussi ridicules et collet monté que ces gens jouaient au croquet avec des flamants pour maillets et des hérissons en guise de boules. Cette vision comique aurait dû l'amuser au plus haut point ; une atmosphère étouffante pesait cependant sur la scène. Comme une présence menaçante. Effrayante…

Sa mère la tira brusquement de ses souvenirs en la conduisant d'une poigne de fer aux Ascot.

— Souris ! lui rappela-t-elle dans un souffle.

Et la jeune fille afficha un rictus forcé lorsqu'elle s'inclina avec respect devant ses hôtes prestigieux. En dix ans, Lord Ascot n'avait pas changé d'un pouce : plus raide et compassé que jamais. Son épouse ne valait guère mieux, bien qu'elle parût manquer quelque peu de sang-froid aujourd'hui, rougissant carrément de contrariété en toisant Alice.

« Elle a deviné que je ne porte ni bas ni corset », se réjouit la jeune fille.

Elle s'abstint néanmoins de tirer la langue et de faire la roue, malgré son vif désir de scandaliser pour de bon la mégère...

— Enfin vous voilà ! s'exclama Lady Ascot en ravalant ses critiques à l'égard d'Alice. Nous commencions à croire que vous n'arriveriez jamais. Hamish vous attend sur la piste de danse, Alice... Eh bien dépêchez-vous, mon enfant. Allez-y !

Alice se sacrifia de mauvaise grâce à son devoir. Elle s'éloigna et rejoignit Hamish le rabat-joie, tristement égal à lui-même après toutes ces années... comme ses parents !

Lady Ascot se retourna vers Helen. Elle baissa d'un ton, qu'Alice ne l'entende pas, et maugréa :

— Il est quatre heures passées ! À cause de vous, il va falloir bousculer le programme, maintenant !

Helen jugea préférable de ne pas s'étendre sur le temps qu'elle avait perdu à convaincre… non, à *contraindre* sa fille de l'accompagner à la garden-party.

— Je suis navrée. Nous avons eu un…

— Peu importe ! l'interrompit sèchement l'aristocrate.

Son regard perçant venait de repérer un plateau de petits-fours en équilibre instable ; elle se précipita dessus, refusant la moindre fausse note au cours de sa réception. Lord Ascot secoua la tête.

— Veuillez pardonner à ma femme, Mrs Kingsleigh, pria-t-il de sa voix de basse. Cela fait vingt ans qu'elle se prépare à cette journée. Elle tient à ce que tout soit parfait.

Helen sourit. Le comportement de Lady Ascot lui était devenu familier, depuis le temps ! Elle soupira :

— Si seulement Charles était parmi nous…

— Permettez-moi de vous présenter à nouveau mes condoléances, articula alors son hôte dans un petit salut guindé. Je pense très souvent à votre mari. C'était un homme de discernement.

— Je vous remercie, lord Ascot.

Helen Kingsleigh réprima un sanglot. Il y aurait tellement plus à dire sur son défunt époux ! Combien il lui manquait, pour commencer. Elle songeait à lui nuit et jour. Charles était un être merveilleux, exceptionnel, visionnaire, audacieux et délicieusement fantasque… Mais la décence lui interdisait d'ouvrir son cœur en public. Aussi se contenta-t-elle de cette réponse laconique et bienséante.

— J'espère que vous n'estimez pas que j'aie pu tirer sciemment avantage de votre malheur, ajouta Lord Ascot avec gravité.

— Oh, en aucune façon ! Je me félicite au contraire que vous ayez racheté la compagnie.

L'aristocrate s'accorda un demi-sourire avant de confier :

— Je regrette de ne pas avoir cru en son projet. J'aurais dû suivre Charles dans ce pari fou et audacieux. J'ai vraiment agi comme un idiot.

— C'est exactement ce que Charles disait, le taquina Helen.

Pendant ce temps, à l'autre bout des jardins, Hamish avait entraîné Alice dans un quadrille interminable. Ils avançaient, se croisaient, se saluaient avec les autres jeunes couples de danseurs. Alice se mordait les lèvres pour ne pas hurler d'ennui !

— Danser le quadrille ne vous lasse-t-il donc pas, Hamish ?

— Je trouve cela très revigorant, au contraire ! répliqua le jeune homme en plissant son long nez, stupéfait par cette question.

Il était maniéré, vêtu de pied en cap du blanc Ascot, et transpirait l'arrogance aristocratique d'un noble soucieux des prérogatives dues à son rang. Prenant de ses mains moites celles de sa cavalière, il la fit valser en se pavanant avec l'air affecté des paons du parc de Kensington. Alice ne put s'empêcher d'éclater de rire à cette idée, quelques mèches de ses cheveux blonds flottant librement dans son dos.

— Vous amuseriez-vous à mes dépens ? se vexa Hamish, ses épais sourcils se rejoignant soudain.

— Oh, non ! se récria la jeune fille, malicieuse. J'imaginais juste à quoi ressembleraient toutes ces ladies en haut-de-forme, et ces messieurs en capeline !

Hamish grommela :

— Il serait plus correct de garder vos idées saugrenues pour vous, Alice. Et dans le doute, abstenez-vous.

Un conseil qu'Alice entendait depuis l'enfance ! Seul son père ne lui avait jamais seriné ce genre de reproches. Depuis sa disparition, elle se sentait d'ailleurs bien incomprise… Elle dansait à présent en silence avec Hamish. Elle avait toutes les peines du monde à se concentrer sur la musique. Un vol d'oies sauvages attira son attention et, distraite, elle percuta les autres danseurs qui se mirent à chanceler et tournoyer sur eux-mêmes, outrés.

— Veuillez nous pardonner ! s'excusa à sa place Hamish, trop empressé pour être honnête. Miss Kingsleigh est un peu préoccupée, cet après-midi…

Et la mine sombre, il quitta le quadrille, emmenant Alice à l'écart. La jeune fille le suivit en scrutant le ciel mais, trop tard, la troupe d'oies était déjà passée.

— Enfin voyons, Alice ! Où avez-vous la tête ?!

— Je me demandais quelle impression ça fait, de voler, répondit-elle rêveusement.

Elle se souvenait quand son père la faisait tourner haut, au-dessus de sa tête, et qu'elle criait de joie. Voler, ça devait ressembler à ça…

— À quoi bon réfléchir à l'impossible ? mordit Hamish, exaspéré.

— Et pourquoi pas ? contra Alice de son rire argentin. Père prétendait qu'il réussissait à croire en l'impossible jusqu'à six fois d'affilée avant l'heure du petit-déjeuner !

Un jour, elle avait sept ans, Alice avait rejoint son père dans la cuisine. Il beurrait un toast, s'apprêtant à prendre son thé, et elle l'avait supplié de lui raconter quelles étaient les six choses impossibles auxquelles il avait décidé de croire ce matin-là. L'homme avait reposé sa tartine ; il avait croisé les mains avec solennité et répliqué :

— Eh bien, d'abord, j'ai songé que trois petites sœurs habitaient sur la Lune.

— C'est n'importe quoi, avait pouffé Alice. Comment seraient-elles arrivées là-haut ?

— Voici justement la deuxième chose, avait continué son père. Je me suis dit qu'elles avaient volé jusque-là à bord de vélocipèdes spécialement aménagés. C'est logique, quand on y pense.

— Mais un vélocipède qui vole, cela n'existe pas !

— Alice, tu as encore besoin de t'entraîner à croire en l'impossible, avait alors déploré son père en se servant une tasse de thé. Je ne peux te confier mes quatre autres secrets et risquer que tu les mettes en doute. Tu ruinerais mes efforts de toute une matinée !

— Oh, Père, je vous en prie ! Racontez-moi le reste ! Je vous promets de tout croire !

Alice le fixait de ses grands yeux noisette. Attendri, il l'avait hissée sur ses genoux et avait déclaré :

— Si tu le promets, c'est différent. En troisième, j'ai donc réfléchi que la Lune devait être faite de brioche et de crème fouettée. Sans cela, je ne vois pas comment nos petites filles auraient pu prendre leur goûter, n'est-ce pas ?

Alice avait ouvert la bouche pour protester, mais d'un simple regard, Charles Kingsleigh l'en avait dissuadée. Puis il avait poursuivi :

— J'en ai conclu qu'il devait y avoir d'immenses ponts, sur la Lune, pour que nos trois petites filles puissent traverser à vélo les océans de crème fouettée. Sinon, les pauvres se noieraient !

— C'est certain ! avait cette fois approuvé Alice.

Elle avait compté sur ses petits doigts et remarqué :

— On en est à quatre choses extraordinaires à croire. Quelle est la cinquième ?

— J'ai pensé qu'un lapin blanc avec un veston

se chargeait de conduire chaque soir les fillettes sur la Lune, et de les ramener chaque matin.

— Un lapin comme dans mon rêve ! s'était écriée Alice. Est-ce le même lapin blanc ?

— Très probablement, avait acquiescé son père avec sérieux. Il est terriblement occupé, ce lapin. Il a beaucoup à faire, et j'ai entendu dire qu'il était souvent en retard à ses rendez-vous.

— Oh oui, alors ! avait soufflé la petite fille, les yeux ronds d'émerveillement.

Charles Kingsleigh avait ensuite terminé son exposé :

— En sixième, j'ai réussi à me persuader que j'étais le papa qui avait la fille la plus maligne, la plus mignonne, la plus courageuse et la plus polie de tout Londres.

— Mais ça, ce n'est pas impossible !

— C'était pourtant la chose la plus difficile à croire de toutes les six, avait affirmé son père, pince-sans-rire. J'ai dû me concentrer très fort, pour y parvenir. Cela m'a pris des heures et des heures. Mon thé a complètement refroidi !

Alice lui avait tapoté l'estomac, à travers son veston de satin, en gloussant :

— Père, vous dites ça pour m'embêter !

— Mais la bonne nouvelle, dans cette histoire,

c'est que j'ai fini par me décider à y croire, avait conclu Charles Kingsleigh en la serrant dans ses bras. Et j'y ai même cru à tel point que cela s'est réalisé, puisque tu es là !

Et la fillette s'était blottie contre lui en murmurant :

— Alors ça va, vous pouvez prendre votre petit-déjeuner, à présent !

À près de vingt ans, Alice se rappelait toujours avec délices les divagations de son père. Elle rit à nouveau, inconsciente de blesser Hamish. Le jeune lord regrettait qu'Alice ne se comportât pas en jeune fille de bonne famille, posée et réservée. Une jeune fille du monde, aux conversations moins extravagantes !

Jetant un coup d'œil alentour, il remarqua soudain sa mère, qui approchait de la table. Elle l'appela d'un geste impatient. Il s'éclaircit la gorge et se retourna vers Alice.

— Retrouvez-moi au petit belvédère dans dix minutes précises, intima-t-il sans plus d'explications.

Sur quoi il s'éloigna. Alice le suivit un instant d'un regard perplexe. Elle n'appréciait guère qu'on lui donnât des ordres ! Dix minutes *précises* ? Et comment était-elle supposée calculer ces dix minutes *précises*, je vous prie ? Elle ne possédait pas de montre à gousset, *elle* ! Oh, bien sûr, un gentleman digne de ce nom lui aurait prêté la sienne…

« Mais Hamish ne va quand même pas se priver du plaisir de constater mon retard en vérifiant l'heure *sous mon nez*, et avec réprobation s'il vous plaît ! » songea la jeune fille avec amusement.

Elle se dirigeait vers les rafraîchissements, lorsque deux demoiselles vêtues de rose et vert criards lui barrèrent la route en gloussant. Les sœurs Chattaway, les pires cancanières du pays !

— Nous avons un secret à vous révéler, Miss Kingsleigh ! s'empressa Faith.

— Si vous me le révélez, il n'aura plus grand-chose d'un secret, soupira Alice.

Les ragots la laissaient généralement de glace.

— Nous devrions peut-être nous taire ! dit alors Fiona en agrippant sa sœur par le bras.

— Mais nous avions décidé de tout lui dire ! protesta Faith.

— Si nous lui disons tout, elle n'aura plus la surprise ! enchaîna Fiona.

Alice se raidit. Ainsi, le secret la concernait, *elle* ? Voilà qui changeait la donne ; les surprises l'enthousiasmaient encore moins que les potins ! Faith se tourna vivement vers elle d'un air suppliant.

— Oh, allez, Miss Kingsleigh ! Aurez-vous la surprise ?

— Pas si vous me dites tout, évidemment, répliqua Alice. Mais vous n'avez plus le choix, dorénavant. Vous devez parler.

— Certainement pas ! se récria Faith, piquée au vif.

— D'ailleurs, nous ne le ferons pas ! renchérit sa sœur Fiona du même ton.

Alice poussa un soupir. Ce qu'elles pouvaient être exaspérantes, ces deux-là. Et toujours aux plus mauvais moments ! Par chance, Alice cachait un atout dans sa manche… Elle croisa les bras et assena :

— À propos… votre mère sait-elle que vous vous baignez *toutes nues* dans l'étang des Havershim ?

Fiona et Faith roulèrent des yeux offusqués.

— Vous n'oseriez quand même pas, Miss Kingsleigh… ?!

— Si, j'oserais. C'est bien Lady Chattaway, là-bas, si je ne m'abuse ?

Et Alice avança d'un pas résolu en direction

du groupe de femmes qui piaillaient. Fiona la rattrapa par le coude ; elle s'empressa d'avouer :

— Hamish va demander votre main !

Alice se figea net, trop stupéfaite pour prononcer la moindre parole. Fiona et Faith pouffaient comme deux idiotes, lorsque quelqu'un, dans leur dos, les saisit avec colère par les épaules. Margaret, la sœur aînée d'Alice !

— Vous avez tout gâché ! les gronda-t-elle en les forçant à s'éloigner.

Puis, prenant Alice par le bras, elle murmura :

— Je pourrais leur tordre le cou, à ces deux pipelettes ! Nous nous sommes tous donné tant de mal pour garder le secret...

Alice, abasourdie, regarda autour d'elle avec plus d'attention. Elle réalisa brusquement que les gens l'observaient en effet du coin de l'œil. Qu'ils stoppaient leurs messes basses à son approche. Que les femmes souriaient d'un air béat, les hommes d'un air entendu. Son estomac se noua.

— Tout le monde est-il donc au courant, Margaret ?

— Ils sont là pour ça, Alice ! Cette garden-party célèbre tes fiançailles ! Hamish va te faire sa demande officielle sous le petit belvédère.

Margaret paraissait extatique ! Elle s'enflamma :

— Et quand tu répondras « oui », les…

— Mais j'ignore si je souhaite l'épouser ! l'interrompit Alice d'un air paniqué.

Sa sœur aînée afficha une moue incrédule.

— Oh, un lord : tu ne peux rêver meilleure alliance !

Elles contemplèrent alors Hamish qui, un peu à l'écart de la réception, parlait tout seul dans son coin.

« Il répète sa demande ! » comprit Alice.

Elle frissonna d'horreur en le voyant se moucher bruyamment, puis étudier le contenu de son mouchoir avant de le replier avec soin pour le remettre dans sa poche… Margaret tapota la joue de sa sœur et reprit d'un ton hautement raisonnable :

— Tu vas bientôt avoir vingt ans, Alice. Ce joli petit minois se fanera un jour… Tu ne veux quand même pas finir comme Tante Imogène ?

Elle désigna la quinquagénaire, au buffet, qui se goinfrait littéralement de mini-cakes. Une couche épaisse de fard rougissait ses pommettes clownesques, et sa robe d'un blanc jaunissant faisait terriblement fillette…

— Tu ne veux pas non plus être toute ta vie un poids pour notre mère, n'est-ce pas ? ajouta Margaret en fixant Alice droit dans les yeux.

— Non, bien sûr, rétorqua la jeune fille en détournant le regard.

— Dans ce cas, tu vas épouser Hamish comme convenu ! se félicita Margaret. Tu seras aussi heureuse que je peux l'être avec Lowell, et ta vie sera parfaite.

Alice se sentait oppressée. Tous ces gens qui étaient venus exprès *pour elle*, qui considéraient qu'elle n'avait pas le choix, que la cause était entendue… pour le meilleur et pour le pire.

« Père n'aurait jamais *exigé* que j'épouse Hamish *contre mon gré* ! » pensa amèrement la jeune fille.

Mais son père n'était plus là désormais, et Alice n'y pouvait rien changer. Elle allait donc devoir se marier.

Comme convenu.

Elle voyait déjà le piège se refermer sur elle…

Chapitre deux

Lady Ascot surgit devant Alice. La mine pincée, elle lança d'un ton onctueux :

— Alice, ma chère... Promenons-nous un moment dans le jardin, voulez-vous ? Juste vous et moi…

Et, se cramponnant au coude de la jeune fille, elle l'entraîna loin de Margaret. Alice jeta un regard suppliant à sa sœur, par-dessus son épaule. Mais celle-ci se contenta d'agiter la main en souriant un *« c'est ta future belle-mère ! Il faut t'y faire ! »*.

Alice se demandait pourquoi Lady Ascot marchait si vite. Qu'est-ce qui la pressait autant ? Tout ce qu'elle savait, c'est qu'elle était hors d'haleine en parvenant au labyrinthe végétal où de luxuriantes roses pâles, rouges et blanches embaumaient l'atmosphère de leur parfum suave. Lady Ascot ne ralentit pas l'allure, et Alice était de plus en plus échevelée. Songeant combien Hamish désapprouverait ce laisser-aller notoire, la jeune fille secoua la tête, histoire d'arracher quelques épingles supplémentaires à sa coiffure pour se venger de toutes ces contrariétés qui s'enchaînaient inexorablement…

— Savez-vous ce que je redoute plus que tout au monde, Alice ? l'interrogea brusquement Lady Ascot.

— Le déclin de l'aristocratie ? suggéra la jeune fille, sarcastique.

Lady Ascot ne goûta pas la plaisanterie. Préférant l'ignorer, elle poursuivit :

— Je redoute la laideur de ma descendance à venir. Mais vous êtes si jolie !

Elle se tut, le temps de jauger le teint de porcelaine d'Alice, ses cheveux brillants, ses attaches fines. Puis elle reprit :

— Oui, avec vous, mes petits-enfants seraient à n'en pas douter de parfaits... *Crétins !*

Alice sursauta. Elle ne s'attendait pas *exactement* à ce genre de qualificatif ! Mais elle réalisa alors que son interlocutrice avait simplement changé de sujet. Elle fusillait d'un œil furibond un magnifique buisson de roses nacrées. Elle arracha l'une des fleurs afin de l'examiner de plus près. Le buisson entier trembla.

— Des rosiers blancs ! rugit-elle. J'avais pourtant *bien spécifié* aux jardiniers d'en planter des rouges !

Un vague souvenir de son rêve s'immisça dans l'esprit d'Alice qui remarqua presque malgré elle :

— Vous pourriez les peindre en rouge...

Lady Ascot la dévisagea, interdite.

— Quelle singulière réflexion, ma chère !

Elle l'entraîna de nouveau, descendant rapidement l'allée de gravier, lorsque Alice tendit soudain l'oreille. D'où provenait ce *tintement* étrange qu'elle venait d'entendre ? Si seulement Lady Ascot cessait une seconde de pérorer !

— Vous devez savoir, Alice, que mon fils a une digestion des plus délicates...

Mais Alice n'écoutait plus. Une créature blanche venait de les croiser à toute vitesse !

La jeune fille fit volte-face, sidérée. La créature avait déjà disparu.

— Vous avez vu ça ?!

— Vu quoi ? mordit Lady Ascot, choquée que l'on puisse l'interrompre ainsi.

Alice scruta le feuillage sombre de la roseraie. Elle murmura :

— C'était un lapin, je crois… Un lapin *énorme*…

Cette seule idée lui donna un frisson bizarre. Lady Ascot renifla avec dédain :

— Horribles bestioles… Je les abhorre ! Mais j'adore en revanche leur envoyer les chiens ! Allons, venez, ne traînassez pas…

Elle conduisait en fait Alice au petit belvédère. Mais celle-ci n'en avait pas conscience, tout occupée qu'elle était à chercher des yeux le lapin géant…

— Certains aliments provoquent de sérieux désordres digestifs chez Hamish, continuait, inlassable, Lady Ascot.

Cette fois, pas d'erreur. Un immense lapin blanc se tenait debout sur ses pattes arrière, juste au bord du sentier. Il fixait ostensiblement Alice. Et il portait un veston ! Alice cligna des yeux, incrédule. Le lapin fonça derrière un arbre.

— Vous l'avez vu, cette fois ? s'écria la jeune fille.

— Vu quoi ? répéta l'aristocrate.

— Mais le lapin !

— Ne criez pas comme ça, ma chère ! Et soyez un peu attentive, je vous prie. Hamish m'avait prévenue que vous étiez souvent dans la lune…

Lady Ascot s'épongea le front avec son mouchoir de soie blanc.

— Bon, où en étais-je ?

— Les désordres digestifs d'Hamish, répondit Alice en s'éloignant discrètement. Tout cela est réellement passionnant, lady Ascot, mais si vous voulez bien m'excuser…

Et elle plongea dans les fourrés, en bordure du chemin, échappant de justesse aux griffes de sa future belle-mère. Elle avança avec difficulté à travers les arbres touffus, sans trouver la moindre trace du lapin blanc. Elle s'arrêta pour réfléchir, quand une main se posa lourdement sur son épaule. Elle tressaillit, mais il ne s'agissait que de Tante Imogène, aux pommettes toujours outrageusement fardées.

— Tante Imogène ! s'exclama Alice dans un mouvement de recul. Je crois que je deviens folle : je n'arrête pas de voir un lapin géant en veston !

— Très bizarre en effet. Et en quoi est-il, ce veston ?

— En brocart, il me semble, répondit Alice avant de lever les mains au ciel, agacée. Mais qu'est-ce que ça peut faire, en quoi il est ? Je vous dis que j'ai vu *un lapin* avec un veston !

— Que l'on ne me dérange pas avec ce lapin extraordinaire pour le moment, décréta alors Imogène en remettant de l'ordre dans ses boucles ridicules. Mon fiancé va arriver.

— Votre *fiancé* ?

La nouvelle était assez surprenante pour monopoliser l'attention d'Alice un instant. Mais un éclair blanc fusa à ses côtés, et elle pivota sur ses talons en hurlant :

— Là ! Vous l'avez vu ?!

Elle fouilla les buissons du regard, en quête d'un mouvement. En vain.

— C'est un prince, minauda sa tante en poursuivant sur sa lancée. Hélas, il ne pourra m'épouser qu'à la condition de renoncer à son trône. N'est-ce pas tragique ?

— Épouvantable, rétorqua Alice d'un ton sceptique.

Tante Imogène avait peut-être bel et bien perdu l'esprit… En tout cas, elle tenait un discours encore plus aberrant que celui de sa nièce ! Alice sourit, acquiesçant poliment de la tête tout en opérant une retraite discrète. Elle préférait laisser sa tante guetter sans elle son fiancé imaginaire à l'horizon. Elle contourna un gros tronc d'arbre, courut droit devant elle… et bouscula Lowell, le mari de Margaret. À sa vive stupeur, Lowell enlaçait une femme qu'il embrassait avec passion. Une femme qui n'était pas Margaret. Une femme qui poussa un petit cri en apercevant Alice et s'enfuit dare-dare se cacher dans les sous-bois.

— Lowell ?

— Oh, Alice ! bredouilla son beau-frère, décontenancé. Nous étions… Hum ! Hattie est une vieille amie et…

La jeune fille haussa un sourcil désapprobateur.

— Oui, vous paraissez on ne peut plus proches, en effet.

Dire que dix minutes plus tôt sa sœur lui vantait les vertus du mariage, en lui expliquant que son bonheur auprès d'Hamish serait égal au sien auprès de Lowell. Margaret ignorait-elle donc ce qui se tramait derrière son dos ? Aurait-elle pu être sincèrement heureuse en compagnie d'un tel époux ? Accepter, résignée, la situation… et s'en satisfaire ?

Lowell, le visage rouge brique, arrangea son foulard.

— Vous ne parlerez pas de ceci à votre sœur, Alice, n'est-ce pas ?

— Je n'en sais rien encore, répliqua-t-elle en reculant d'un pas.

Elle ne voulait pas chagriner Margaret. Mais il fallait quand même bien qu'elle connaisse la vérité sur son mari ! Alice soupira.

— Tout s'embrouille, Lowell. J'ai besoin d'y réfléchir.

— Pensez à Margaret ! s'insurgea alors son beau-frère. Elle perdrait toute confiance en moi. Vous n'envisageriez pas de ruiner son mariage, j'imagine ?

Son ton menaçant scandalisa Alice. Quel toupet !

— Moi ?! Parce que c'est ma faute, peut-être, si vous…

— Enfin vous voilà !

Hamish, hors de lui, venait d'apparaître au détour d'un bosquet.

— Vous étiez censée me rejoindre au belvédère ! tempêta-t-il en empoignant fermement Alice.

Et sans un mot d'excuse envers Lowell, il emmena la jeune fille de force avec lui. Alice trébucha dans l'allée. Non, pas déjà ! Elle n'était pas prête à recevoir sa demande officielle ! Pas encore !

Debout au côté d'Hamish, sous le belvédère ouvragé qui ornait les jardins, elle se sentait emprisonnée. Les ombres des piliers s'allongeaient sur le sol, la cernant comme autant de barreaux de fer. Alice s'agitait, oppressée, incapable de rester en place. Soudain, elle aperçut un quatuor à cordes, tapi dans un coin. Les violonistes, archets en position, attendaient juste qu'elle prononçât le « oui » fatidique de son engagement pour souligner l'instant solennel d'une envolée musicale mélodramatique à souhait…

Hamish posa un genou en terre. Et le cœur d'Alice s'emballa. Elle avait tellement espéré que Margaret se fût trompée ; que rien de tout cela n'allait finalement arriver !

— Alice Kingsleigh..., commença le jeune lord en lui prenant la main.

— Hamish ! coupa-t-elle brusquement.

Il fronça les sourcils, contrarié.

— Que se passe-t-il ?

— Vous avez une chenille sur l'épaule.

Hamish bondit. Il frotta sa veste avec frénésie, se trémoussant de dégoût.

— Non, ne lui faites pas de mal ! protesta Alice.

Elle avança vers lui, aida la chenille à grimper sur son doigt, puis elle la déposa en douceur sur une branche d'arbre. Quand elle revint se planter devant Hamish, celui-ci retroussa les lèvres, avec répugnance.

— Je vous saurais gré de vous laver les mains, articula-t-il en grimaçant, refusant désormais de l'approcher.

Alice s'en fichait royalement. Elle s'en félicitait même plutôt ! À choisir, elle préférait mille fois qu'il ne la touchât pas ; mais quelqu'un toussota, au pied du belvédère : Lady Ascot adressait au jeune couple de grands gestes exaspérés. En fait, il y avait une foule d'invités, réunie là pour l'occasion. Tout le monde les observait et Hamish sembla en prendre conscience au même moment qu'Alice, car il lâcha d'une traite :

— Alice Kingsleigh, voulez-vous m'épouser ?

La question demeura en suspens ; Alice était si peu sûre d'elle, de ce qu'elle voulait, de son avenir… Elle doutait même de sa santé mentale, cet après-midi !

— Eh bien…, bégaya-t-elle. Il est certain que chacun ici estime que je devrais… Vous êtes lord et… ma beauté fanera… Je ne veux pas non plus finir comme Tante… Mais tout cela est si précipité… Je crois que… je… je…

Le lapin blanc ! Appuyée contre un pilier de ciment, l'étrange créature la fixait avec une impatiente insistance. Alice était peut-être cinglée, en fin de compte. Elle ne pouvait cependant pas prétendre qu'elle ne le *voyait* pas, ce drôle de lapin…

— J'ai besoin d'un peu de temps ! termina-t-elle.

Et, relevant légèrement le bas de sa robe, elle s'en alla en courant ! Des exclamations scandalisées s'échappèrent de l'assemblée mais, ses longs cheveux dorés dansant sur ses épaules, Alice fonça comme le vent, sans se retourner. Elle poursuivait le lapin en veston, exactement comme dans son rêve, nuit après nuit…

Ils traversèrent la pelouse impeccable du parc, pénétrèrent dans les bois, parvinrent dans une clairière que la jeune fille n'avait encore jamais vue. De petits papillons jaunes voletaient dans les herbes folles de la prairie bordée de haies.

— Attendez ! cria Alice au lapin blanc lorsque celui-ci disparut dans la végétation.

Elle accéléra, essayant de le rattraper. Peine perdue. Alice s'immobilisa alors, le souffle court. Elle scruta les haies, les futaies. Soudain, elle remarqua un trou de dimension impressionnante, au pied d'une vieille souche, tout près d'elle. Soupçonnant que le lapin blanc s'était faufilé à l'intérieur, elle se pencha avec curiosité sur la bouche béante… et perdit l'équilibre ! Alice battit des bras en hurlant.

Elle se sentit tomber dans le puits d'un profond terrier…

Chapitre trois

Le cri d'Alice se répercuta dans l'obscurité tandis qu'elle plongeait cul par-dessus tête dans l'immense puits… Elle tendit les mains, cherchant quelque chose à quoi se raccrocher afin de freiner sa chute, et réalisa qu'elle était entourée d'objets insolites. Insolites, du moins, pour un terrier de lapin !

Les parois de terre croulaient de tableaux de travers, de vieilles cartes géographiques, de miroirs brisés, de masques de démons, d'éta-

gères pleines d'un bric-à-brac singulier...

Alice saisit au passage la première chose qui se présenta à elle : un stupide pot de confiture vide. Désappointée, elle le relâcha et attrapa alors une boule de cristal. Rien de bien utile dans son cas ! Commençant à s'affoler, la jeune fille, en quête d'une bouée de sauvetage, tâtonnait frénétiquement dans le noir. Elle s'agrippa tour à tour à des livres, des bocaux de marmelade, des griffes de blaireau, une patte de singe... un crâne humain, pour couronner le tout ! Elle le jeta au loin en hurlant.

Alice tombait toujours. Elle s'enfonçait dans les ténèbres où il n'y eut bientôt plus rien à saisir au passage. Alice tombait ; tombait encore, et encore.

Au bout de ce qui lui sembla des heures, elle atterrit enfin, s'écrasant lourdement sur du carrelage à damier noir et blanc.

— Aïe ! gémit-elle.

Ayant repris son souffle, elle s'assit en se frottant la tête et constata qu'elle se trouvait dans une petite salle circulaire, avec des portes tout autour. Ce décor lui parut étrangement familier, bien qu'elle ne pût raisonnablement envisager avoir déjà visité le fond du terrier d'un lapin habillé.

Décontenancée, Alice se releva et tenta d'ouvrir l'une des portes. Celle-ci était fermée à clef. Elle essaya alors en vain la suivante. Puis la suivante encore... Toutes étaient verrouillées ! À quoi bon tant de portes, songea la jeune fille, si on ne peut en franchir une seule ?

Elle résolut de toquer à celle qui était peinte en jaune vif.

— Bonjour ! appela-t-elle. Hé ! Il y a quelqu'un, là-derrière ?

Pas de réponse. Pourtant, Alice frappa avec insistance. Regardant à nouveau autour d'elle,

elle remarqua soudain un guéridon en verre à trois pieds, tout près. Comment ne l'avait-elle pas vu plus tôt ? C'était incompréhensible, surtout qu'il y avait une minuscule clef ciselée, posée dessus !

Alice s'en empara et entreprit de découvrir quelle porte elle ouvrait. Mais la clef se révéla chaque fois trop petite pour la serrure testée... Après deux tentatives infructueuses, la jeune fille changea de méthode. Elle examina mieux la clef, puis chercha des yeux la serrure à laquelle elle pouvait correspondre. C'est ainsi qu'elle aperçut un épais rideau de velours, tendu entre deux portes. Elle le tira avec curiosité : il dissimulait une porte en bois d'à peine cinquante centimètres de haut, étroite, et sculptée de plantes grimpantes !

Alice s'accroupit devant elle. Comme elle l'avait supposé, la minuscule clef s'adaptait à la perfection à la minuscule serrure. La porte s'ouvrit ; vite, Alice se pencha pour jeter un coup d'œil de l'autre côté. La position n'était guère commode, mais elle parvint à discerner une fontaine, au milieu d'un jardin...

La jeune fille s'allongea sur le ventre afin de tâcher de s'engouffrer par la porte étroite. Mais elle eut beau tirer, pousser et se tortiller en tous sens, ses épaules refusèrent obstinément de passer le chambranle.

Alice finit par abandonner. Elle recula dans la salle circulaire et se dégagea de la petite porte qu'elle referma avec un soupir. Elle se releva, découragée, et alla reposer la clef sur le guéridon. À sa grande surprise, un flacon était apparu sur le dessus de la table. Il n'était pas là tout à l'heure ; ça, elle en avait la *certitude.*

— Il y a quelqu'un ? répéta-t-elle en fouillant cette fois la salle du regard.

Personne. À part elle, l'endroit semblait désespérément désert. Alice étudia alors le flacon en détail. Une étiquette jaunie, autour du goulot, portait la mention : « BOIS-MOI. »

« Riche idée ! ironisa la jeune fille. Obéir aux instructions de je ne sais qui. Ingurgiter un liquide de je ne sais quoi : c'est la prudence même ! »

Elle ôta cependant le bouchon du flacon afin d'en renifler le contenu et recula d'un air méfiant. L'odeur n'était pas des plus alléchantes ! En même temps, prisonnière de ce terrier extraordinaire, elle n'avait pas tellement d'autres choix que de se conformer aux instructions données. Dans sa position actuelle, il aurait été somme toute bien malavisé de sa part de négliger un conseil, de quelque nature fût-il... Alice haussa les épaules.

— Après tout, ce n'est qu'un rêve !

Un rêve plutôt *familier*, de surcroît. Sauf qu'elle ne se souvenait pas s'être endormie, aujourd'hui. Dans la prairie ? Sur le chemin du belvédère ? C'était si loin et confus dans son esprit... Mais elle rêvait, évidemment. Tout cela était trop irréel !

Et comme il ne pouvait rien lui arriver de mal en rêve, Alice résolut donc de goûter au mystérieux breuvage. Elle frissonna, toussa, réprima un haut-le-cœur. Apparemment, les pires saveurs demeurent horribles même dans les songes ! La jeune fille referma le flacon, et réalisa que le guéridon en verre commençait de grandir. Elle fronça les sourcils.

— Voilà qui est curieux ! s'exclama-t-elle, fort étonnée.

Mais elle fut beaucoup plus étonnée en comprenant soudain que c'était *elle*, qui rapetissait ! Elle tendit ses mains et les considéra avec soin. Elles devenaient petites, toutes petites, de plus en plus petites. Au bout du compte, Alice ne mesura bientôt plus qu'une quarantaine de centimètres. La jeune fille rétrécie nageait dorénavant dans une vraie mare de vêtements !

Bien sûr, cette situation soulevait quelques problèmes. Mais elle avait le mérite d'en résoudre au moins un, pensa Alice qui, rassemblant ses jupons sur son bras, se précipita à la porte étroite, derrière le rideau. Elle actionna la poignée, et poussa un grognement consterné. Comment avait-elle pu oublier ? Elle avait verrouillé la serrure, puis reposé la clef sur le guéridon ! Alice fit volte-face. La clef ciselée scintillait, loin au-dessus de sa tête, la narguant à travers le plateau de verre.

Ce dont la jeune fille n'avait pas conscience, en cet instant précis, c'est qu'on l'espionnait… Un gros œil rond la fixait par le trou d'une serrure !

— On aurait pu espérer qu'elle ne se laissât pas piéger une seconde fois par cette étourderie idiote ! bougonna, agacé, le propriétaire de l'œil.

On entendit alors un léger bruissement de plumes, derrière la porte. Une bousculade. Puis un autre œil, plus petit que le précédent et bordé de fourrure brune, apparut à son tour par le trou de la serrure, suivi d'un :

— Peuh ! Vous vous êtes trompé d'Alice, mon cher…

— Certainement pas ! s'indigna une troisième voix. C'est la bonne Alice, j'en ai la conviction absolue !

Le petit œil cligna dubitativement tandis qu'Alice, dans la salle des portes, s'escrimait à escalader l'un des pieds du guéridon. Empêtrée dans sa robe immense, la jeune fille glissait et retombait sans cesse à son point de départ.

« Impossible ! se désespéra-t-elle. Je ne récupérerai jamais cette fichue clef… Je demeurerai minuscule, prisonnière de ce terrier et condamnée à dépérir, l'instrument de mon salut à portée de main ! »

Soudain, elle remarqua une boîte en verre, sous la table. Une boîte qui ne se trouvait pas là quelques secondes auparavant ! Le guéridon, le flacon, la boîte… Alice pivota sur ses talons, mais ne vit toujours personne.

— Si c'est une blague, elle n'est pas drôle du tout ! cria-t-elle en direction des nombreuses portes verrouillées.

Et elle ouvrit l'étrange coffret transparent d'un geste exaspéré.

Il contenait un délicat petit gâteau, avec les

mots : « MANGE-MOI » tracés à l'aide de raisins secs sur le glaçage rose. « Du travail presque trop charmant pour être avalé », se dit Alice.

Mais une fois de plus, elle n'avait guère le choix. Son regard passa du gâteau à la clef délicate, là-haut sur la table de verre… et la jeune fille estima que cela valait la peine de tenter le coup. Évidemment, si elle rapetissait encore, elle risquait de disparaître tout à fait. Alors, dans ce cas, elle se réveillerait… et cette option lui convenait aussi.

Alice entama donc prudemment le gâteau. Elle croqua une minuscule bouchée. Puis une autre. Et *voush !* elle se mit à grandir ! Elle s'allongeait même de manière alarmante. Elle atteignit sa taille normale, ses vêtements lui allèrent de nouveau, mais elle continua de grandir ! Les boutons de ses habits ne tardèrent pas à sauter, les coutures commencèrent à craquer, sa jupe raccourcissait…

« Lady Ascot serait choquée de voir mes chevilles ainsi découvertes ! » ne put s'empêcher de penser Alice quand… *bong !* Sa tête toucha le plafond ! Oh là là ! Qu'allait-il advenir d'elle ? Remplirait-elle la pièce tout entière, douloureusement pliée en accordéon… ?

Heureusement, sa croissance stoppa net. Rassurée sur son sort, Alice se pencha vers la table de verre, à présent loin au-dessous d'elle. Elle y ramassa la clef qui, noyée dans sa paume de géante, ne paraissait pas plus épaisse qu'un cil. Elle approcha ensuite tant bien que mal de la minuscule porte et planta la clef dans la serrure.

— Vous vous êtes bien trompé d'Alice..., répéta la deuxième voix d'un ton réprobateur, derrière l'autre porte.

— Laissez-lui au moins une chance ! plaida la troisième voix.

Alice, qui ne les entendait pas, pouffa à l'idée saugrenue d'essayer de se faufiler par le chambranle en bois, affublée de son gigantisme actuel. Elle s'installa alors par terre, le flacon dans une main, le gâteau dans l'autre. Buvant et mangeant tour à tour, elle rapetissa, grandit, rapetissa, jusqu'à mesurer environ quarante centimètres de haut : ce qu'il fallait exactement pour emprunter la petite porte. Certes, ses vêtements posaient à nouveau quelques difficultés. Mais la pire d'entre elles venait d'être résolue !

Tirant et traînant ses encombrants jupons derrière elle, Alice gagna la porte, tourna la petite clef ciselée dans la serrure, et pénétra enfin dans le jardin...

« Quel étrange décor, songea Alice. Cet endroit est aussi beau qu'inquiétant ! »

Elle avait la troublante sensation de se promener dans le reflet d'un miroir, où tout apparaît à la fois conforme et décalé. D'ailleurs – elle ignorait pourquoi –, croiser un parterre de fleurs volubiles ne l'aurait pas plus étonnée que cela…

Mais ce jardin enchevêtré sentait l'abandon. Sombre, mystérieux, les allées jonchées de vieilles statues enlacées de lierre mort. Une fontaine tapissée de mousse brunâtre…

— ATCH-GROUMPH ! éternua-t-on soudain tout en grognant dans son dos.

Alice se retourna et aperçut une espèce de cochon vert[1] qui cavalait sur le chemin, ses sabots d'émeraude soulevant la poussière des graviers. Il s'engouffra derrière une grande haie, sa queue en tire-bouchon brillant un instant dans les fourrés. Revenue de sa surprise, la jeune fille remarqua alors un massif de fleurs et tressaillit en découvrant *leurs visages* : comment avait-elle pu deviner qu'elle rencontrerait des créatures aussi improbables ?! D'accord, ces fleurs extraordinaires différaient de ce qu'elle s'était figuré, avec leurs joues creuses et leur aspect famélique. Elles se balançaient mollement sur leur tige, fixaient, hagardes, le vide, leurs pétales flétris devenus presque transparents retombant vers le sol. Et pas une ne lui adressa la parole ; deux la contemplèrent un moment, avant de courber, chagrines, la tête…

Alice regarda mieux autour d'elle ; ce jardin en friche grouillait d'activité. À commencer par les insectes. Et pas n'importe lesquels ! Des libellules grosses comme des chevaux livraient

---

1. Une créature (*rath* dans le texte original) du poème épique « Le Jabberwocky » qui « éternue-grogne ». (*N.d.T.*)

bataille dans le ciel contre des taons de la taille de dragons… Sans compter ces drôles de moucherons géants ! Ils vrillaient et fonçaient en piqué l'un vers l'autre, bourdonnant, dards sortis, avec furie. Un pâle rayon de soleil parvenait à percer les nuages gris, jouant vaguement sur les corps turquoise et les ailes iridescentes des combattants.

Alice bondit de nouveau lorsqu'un oiseau bizarre[1] passa à larges enjambées. Il était très

1. Autre créature (*borogrove* dans le texte original) du poème épique « Le Jabberwocky ». (*N.d.T.*)

maigre et ne payait pas de mine, perché sur de hautes pattes noueuses aussi fragiles que les minces paires d'échasses avec lesquelles s'amusaient les petits Londoniens de son quartier. Plusieurs de ses congénères l'accompagnaient, tous courbés, le plumage terne, la démarche mal assurée.

— Curieux et archi-curieux…, murmura la jeune fille, perplexe.

Plus ça allait, plus ce jardin lui rappelait quelque chose. Mais quelque chose de plus gai, de plus coloré. Identique, et différent à la fois !

— Je vous l'avais bien dit, que je ne m'étais pas trompé d'Alice ! triompha une voix juste derrière elle.

Alice fit brusquement volte-face. Une assemblée de personnages les plus inattendus l'observait de près. Elle reconnut le Lapin Blanc. C'était lui qui venait de parler. Il se tenait debout, ses pattes avant dignement plantées dans son veston. Ses longues oreilles et son petit bout de nez rose frétillaient de conserve. À côté de lui, Alice crut identifier un dodo dans ce volumineux oiseau. Exception faite qu'il arborait lunettes et canne à pommeau ! Venaient ensuite un jeune loir en pantalons – une femelle – et des garçons jumeaux tout ronds qui se tenaient l'un l'autre par les épaules. Ils portaient tous deux de peu flatteuses tuniques rayées et des salopettes qu'ils remontaient jusque sous leurs bras – ce qui n'améliorait en rien leurs silhouettes de potirons, estima en secret Alice.

— Je ne sais pas, hésita le Loir. Je ne suis pas convaincue…

— Quelle ingratitude ! se récria le Lapin Blanc. J'ai erré des semaines, dans le monde réel « *sur-terrain* », étudiant chaque Alice une par une ! J'ai failli à maintes reprises me faire *dévorer* par d'autres animaux dont vous n'imaginez même pas l'état ! Ils se promènent *absolument nus*, là-haut. Et ils font *leurs besoins* dehors, en public !

Un frisson d'horreur lui parcourut l'échine. Il porta la patte à son front et ajouta d'un ton mélodramatique :

— Combien de fois ai-je dû détourner le regard… !

— Oui, mais cette Alice ne *se* ressemble pas, assena une fleur.

Le parterre avait subitement repris vie. Les fleurs examinaient maintenant la jeune fille d'un œil perçant, et Alice eut la terrible impression de passer au microscope.

— Évidemment, répliqua le Loir. Ce n'est pas la bonne Alice !

Les jumeaux intervinrent là-dessus :

— D'ailleurs, si elle l'était, elle le serait sans doute ! jeta l'un.

— Mais si elle ne l'est pas, c'est qu'elle ne le sera pas ! enchaîna l'autre.

— Car si elle l'était vraiment, alors elle le serait.

— Mais elle ne l'est pas. En aucune façon !

Et ils secouèrent ensemble leurs faces de lune d'un air savant et définitif.

Alice, les poings sur les hanches, se défendit avec hargne :

— Comment pourrais-je ne pas être la bonne Alice, alors que nous nous trouvons dans *mon* propre rêve ? Et puisque nous en sommes au chapitre des présentations, à qui ai-je l'honneur, je vous prie ?

L'un des deux frères la prit par la main et débita d'une traite :

— Je-suis-Tweedledee-voici-Tweedledum.

— Tout au contraire, corrigea l'autre. Je-suis-Tweedledum-voici-Tweedledee.

Alice songeait avec amertume qu'elle n'était décidément pas plus avancée, lorsque le Dodo s'éclaircit la gorge et prit la parole :

— Nous devons consulter Absolem.

Aussitôt, tout le monde opina solennellement du chef. Y compris la fleur parlante qui hocha la tête de bas en haut en acquiesçant :

— Parfaitement. Absolem saura pour de bon qui est cette Alice.

— Laissez-moi vous escorter, proposa alors Tweedledee en offrant son bras à la jeune fille.

Elle allait l'accepter, quand Tweedledum la saisit brutalement de l'autre côté.

— Non ! Ce n'est pas ton tour, c'est le mien !

— Arrête ! s'égosilla Tweedledee en se pendant au bras d'Alice.

— Lâche ! hurla son frère qui tirait en sens inverse.

Craignant de finir déchirée en deux à ce petit jeu, Alice se dégagea tant bien que mal de leur étreinte et rejoignit d'un bond le Lapin Blanc.

— Sont-ils toujours comme ça ? lui demanda-t-elle dans un souffle.

— C'est de famille, remarqua-t-il simplement avant d'ajouter d'un ton ferme à l'adresse des jumeaux : Vous l'escorterez *ensemble* !

Se fusillant du regard, Tweedledee et Tweedledum agrippèrent donc chacun la jeune fille par un bras et ouvrirent la marche. Le Loir, le Dodo et le Lapin Blanc leur emboîtèrent le pas. Tandis qu'ils traversaient en vitesse le jardin envahi de chiendent, Alice entendit les fleurs murmurer sur son passage.

— Non, cela ne peut pas être elle, grommela une pâquerette à la mine maussade.

— Elle ne ressemble en rien à une Alice, poursuivit un lys tigré à demi fané.

— Elle ne porte même pas sa vraie robe, gémit une violette.

La jeune fille fronça les sourcils. Ce lys tigré lui rappelait quelque chose... Non, elle divaguait : les lys tigrés sont tous identiques, comment en distinguer un en particulier ? Pourtant, elle avait le sentiment d'avoir déjà vu celui-ci *précisément*. Ma parole, ce rêve devenait de plus en plus étrange !

— Qui est Absolem ? interrogea-t-elle ses compagnons.

Car, pour le coup, elle ne se souvenait pas d'un Absolem d'aucune sorte... Le Lapin Blanc répondit :

— Elle est la sagesse même. Un grand tout, le Savoir absolu.

— Elle est Absolem, conclurent en chœur les Tweedle comme si cette indication résolvait à elle seule la question.

Alice n'obtiendrait rien de plus satisfaisant ni des uns ni des autres. Aussi se résigna-t-elle à attendre de rencontrer cette bonne vieille Absolem en personne pour se forger une opinion à son sujet...

L'allée du jardin les avait menés au pied de la colline, dans un bois où un brouillard opaque les enveloppa progressivement. Alice, qui ne s'était d'abord aperçue de rien, devait à présent plisser les yeux pour voir à travers l'écran de brume. Les arbres accusaient un aspect des plus originaux, réalisa-t-elle soudain, avec leurs troncs gélatineux, couronnés d'une épaisse canopée brunâtre en lieu et place des branches. La jeune fille étouffa un cri ; des champignons ! Elle se trouvait dans une forêt de champignons qui la dépassaient d'au moins un mètre de haut ! Ses souliers s'enfonçaient d'ailleurs dans le sol spongieux...

— Qui êtes-vous ? articula-t-on d'une voix traînarde, juste au-dessus d'elle.

Alice leva la tête. Une colonne de fumée, à l'origine du brouillard, s'évadait du sommet d'un immense champignon. Elle regarda mieux : la vapeur sortait en réalité d'un élégant narguilé au long tuyau de cuir… que fumait une grosse chenille bleue !

La jeune fille en eut la chair de poule. Une vision similaire semblait lui revenir en mémoire, mais le Lapin Blanc la poussa devant la Chenille avant qu'elle ait pu remettre ses souvenirs en ordre.

— Hum…, toussota Alice, intimidée. Absolem ?

La Chenille se tortilla avec contrariété. Elle fulmina :

— Vous n'êtes pas Absolem. *Je* suis Absolem ! La question est : qui êtes-*vous* ?!

Et aspirant une bouffée de son narguilé, elle souffla des anneaux de fumée en plein dans la figure de la jeune fille.

— Je suis Alice, répondit cette dernière lorsqu'elle cessa de suffoquer.

— C'est ce que nous verrons, répliqua alors la Chenille, sceptique.

— Que voulez-vous dire par là ?! s'indigna la jeune fille.

Ces histoires de vraie et de fausse Alice commençaient à lui taper sérieusement sur les nerfs !

— Je suis tout de même supposée savoir qui je suis et qui je ne suis pas ! poursuivit-elle en espérant moucher ainsi cet insolent et présomptueux Absolem.

— « Supposée », en effet, constata la Chenille d'un air réprobateur. Stupide enfant… Que l'on déroule l'Oracle !

Le Lapin Blanc sauta sur une amanite toute proche, pas plus haute que l'épaule d'Alice. Il y ramassa un parchemin antique qu'il déroula à grand renfort de manières et déclama :

— L'Oracle ! Ou l'Almanach Épitomé de l'Arrière-Pays !

Alice jeta un coup d'œil au vieux manuscrit. Elle n'avait encore jamais rien vu de tel ! C'était très bizarre. Pas du tout comme les longues listes indigestes de faits historiques des manuels scolaires. Il s'agissait bien d'un registre précis, cependant, avec la description circonstanciée de l'événement marquant de chaque jour. À chaque date son titre aussi, doublé d'une illustration singulière… puisque animée pour certaines !

— C'est un calendrier, devina Alice.

— Un épitomé, la reprit sèchement la Chenille. Un relevé détaillé de chaque jour passé et à venir à compter du Commencement des Temps !

— Nous sommes aujourd'hui le Jour Festigrib[1], à l'ère de la Reine Rouge, établit le Lapin Blanc.

Il pointa de la patte l'illustration correspondant à la date. À la stupéfaction d'Alice, elle s'y aperçut en train de contempler l'Oracle avec les autres. Exactement comme à présent !

« Voilà qui est fort étrange, se dit-elle. Et même franchement curieux, ce qui attise d'ailleurs ma curiosité… Comment ce parchemin peut-il savoir ce qui se passe avant que cela ne se passe effectivement ? »

— Montrez-lui le Jour Frabieux[2], ordonna alors la Chenille, son corps souple ondulant sur le champignon lorsqu'elle se remit à fumer son narguilé.

Le Lapin Blanc tourna et retourna le parchemin de droite et de gauche afin d'avancer dans le Temps. Tweedledee trépignait d'impatience sur ses pieds potelés.

— Ce Jour Frabieux étant celui où vous terrassez le Jabberwocky ! expliqua-t-il à Alice.

---

1. Le Jour Festigrib : Jour de l'Enlèvement d'Alice et de son Retour à l'Arrière-Pays. (*N.d.T.*)

2. Le Jour Frabieux : Jour Frénétique et Fabuleux où Alice libère le pays. (*N.d.T.*)

— Je vous demande pardon, balbutia la jeune fille. Que je terrasse *quoi* ?

Il lui fit signe de consulter l'Oracle. Alice se pencha donc sur la date du Jour Frabieux. Il s'agissait d'une illustration animée. Par malheur ! songea la jeune fille devant l'une des plus effroyables créatures qu'il lui eût été donné de voir jusqu'ici. Le monstre avait la taille d'une girafe, des ailes de ptérodactyle, des écailles, des griffes acérées, une queue fourchue, et *un veston.* Sans parler bien sûr de ses gigantesques crocs grinçants, ni de ses énormes yeux flamboyants…

Le Jabberwocky grognait de rage en direction du jeune chevalier qui l'affrontait – une femme à la longue chevelure blonde, vêtue d'une cotte de mailles et brandissant un glaive rutilant. La lame cinglait le derme squameux de la créature qui poussait des cris furieux.

Le doigt dodu de Tweedledum vint tapoter l'image.

— Ce preux héros étant Alice à l'Épée Vorpaline ! établit-il.

— Nulle autre arme que la Vorpaline Épée ne peut terrasser le Jabberwocky, ajouta Tweedledee. En aucune façon !

— Si l'épée ne l'est pas, le monstre ne mourra pas, renchérit Tweedledum.

Alice, paralysée de terreur, fixait le chevalier. Non, c'était insensé, voyons ! Elle n'avait jamais porté de cotte de mailles de sa vie, et encore moins manié le glaive ! Comment pourrait-elle s'imaginer un seul instant combattre un tel monstre ?!

Le chevalier balaya alors l'espace de son arme, faisant soudain volte-face du côté des lecteurs du manuscrit. Alice en demeura bouche bée.

C'était bien *elle*. Pas de doute possible.

Et une flamme meurtrière au fond de l'œil, en plus de ça…

Alice, horrifiée, recula en secouant la tête.

— Non, ce n'est pas moi !

Toute cette histoire était encore plus invraisemblable que les contes abracadabrants auxquels son père s'efforçait de croire avant l'heure du petit-déjeuner !

— C'est exactement ce que je pense, approuva le Loir d'un ton catégorique.

Et il fit signe au Lapin Blanc de procéder rapidement à la suite des événements.

— Oh, Absolem ! Aidez-nous, je vous en prie ! supplia alors ce dernier, les oreilles tremblantes. Croyez-vous que cette Alice soit la bonne Alice ?

Sans un mot, la Chenille, perchée sur son champignon, contempla la jeune fille avec attention. Elle scruta son visage un long moment, absorbée dans ses réflexions. Puis elle finit par briser le silence pesant d'un vibrant :

— Même pas un peu !

Et elle disparut dans l'écran de fumée opaque de son narguilé. La confusion la plus totale s'empara de l'assemblée.

— J'avais raison ! triompha le Loir.

— Oh, mon Dieu ! geignit le Lapin Blanc en levant les pattes au ciel d'un air anéanti.

Il paraissait tellement accablé que, l'espace d'une seconde, Alice, si fausse Alice fût-elle, en conçut un sentiment de culpabilité.

— Je l'avais bien dit ! s'exclama Tweedledum.

— Non : *je* l'avais bien dit ! protesta Tweedledee.

— Tout au contraire, tu as dit qu'elle l'était sans doute !

— Non, *toi*, tu as dit qu'elle le serait si *elle l'était* !

— Quelle épouvantable imposture ! tempêta à son tour le Dodo. Oser prétendre être la véri-

table Alice… Elle devrait mourir de honte !

Tout le monde fusillait maintenant la jeune fille d'un regard lourd de reproches. Trouvant cela somme toute assez injuste, elle se récria :

— Je suis navrée, mais je ne fais pas exprès d'être votre mauvaise Alice ! Et puis d'abord, nous sommes dans *mon* rêve… Je n'ai qu'à m'éveiller, et vous aurez disparu ! Tous autant que vous êtes ! Ah oui, la mauvaise Alice, vraiment !

Et, fermant les paupières, elle se pinça comme son père le lui avait appris petite fille. Lorsqu'elle rouvrit les yeux cependant, le petit groupe hétéroclite se tenait toujours planté devant elle, dans une forêt brumeuse de champignons…

— Bizarre…, marmonna Alice avant de se pincer plus fort.

Mais personne ne bougea. Tous la contemplaient avec ostentation. Pas un pour avoir le bon goût de disparaître poliment !

— D'habitude, ça marche, s'étonna la jeune fille en fronçant les sourcils.

Le Loir tira alors une impressionnante épingle à chapeau du fourreau qui pendait à sa ceinture.

— Je pourrais vous piquer, si cela vous était d'une quelconque utilité… ?

Alice réfléchit un instant à cette intéressante proposition.

— Eh bien, en effet, pourquoi pas, considéra-t-elle enfin. Je vous en saurais gré !

— Tout le plaisir est pour moi, voyons ! s'empressa le Loir.

Fou d'une joie suspecte, le petit animal approcha de la jeune fille et, ni une ni deux, lui enfonça avec délices son épingle dans la cheville.

— AÏE ! s'égosilla Alice.

« Voilà une douleur infiniment plus cuisante que celle d'un pinçon », nota-t-elle. Ce qui ne suffit pourtant pas à la sortir de son rêve, dont le caractère obstiné lui conférait maintenant des allures de cauchemar.

Un cauchemar qui empira encore quand un rugissement assourdissant monta des profondeurs de la forêt. Un grondement effroyable qui faisait trembler la terre… Alice hurla : quelque chose venait de défoncer un mur, pas loin. Un monstre déboulait dans leur direction !

« Le Jabberwocky ! » frémit-elle.

Mais elle réalisa aussitôt son erreur. Cette nouvelle atrocité géante n'avait pas d'écailles sur le corps. Sa tête était celle d'un bulldog enragé, la bave dégoulinant de son museau écrasé. Ses dents coupaient comme des rasoirs et une puanteur abjecte émanait de sa fourrure souillée. Ce n'était peut-être pas le Jabberwocky… ça vous glaçait le sang tout de même !

— Le *Bandersnatch*[1] ! paniqua Tweedledee.

— Hiiiiiiiii ! couina Tweedledum en écho. Il est tellement *fatrieux*[2] !

Quelle débandade, dans la Forêt de Champignons ; on fuyait en tous sens, éperdu. Alice, pour sa part, fonçait en direction du jardin

1. *Bandersnatch* : créature du poème épique « Le Jabberwocky ». (*N.d.T.*)

2. *Fatrieux* : fatal et furieux. (*N.d.T.*)

mystérieux. Son cœur battait la chamade ; elle ne voulait certainement pas se faire dévorer… même en rêve !

Partout, les animaux détalaient, terrorisés. Beaucoup d'entre eux se jetèrent ainsi tête baissée dans les filets d'un ennemi guère moins redoutable : les immenses Gardes Rouges venus ici les capturer ! Le Lapin Blanc reconnut immédiatement le blason qui ornait leur armure : un cœur embrasé, les armoiries de la Reine Rouge. Vite, vite, le Lapin fila au travers d'une haie, espérant de toute son âme parvenir à s'échapper… et ne pas partager le sort de ce pauvre cochon et de ce malheureux flamant qu'une de ces brutes de Gardes flanquait justement en cage ! En se glissant sous une branche basse, le Lapin Blanc vit le Dodo prendre la poudre d'escampette. Il se réjouissait pour le chanceux volatile, lorsqu'une poigne de fer l'attrapa soudain par la patte et le souleva de terre. Il se débattit.

— Lâchez-moi ! hurla-t-il après le soldat en le menaçant bravement de ses petits poings. Je n'apprécie pas ce genre de traitem…

La fin de sa phrase s'étrangla dans son gosier tandis qu'il rejoignait bien malgré lui les autres prisonniers dans la cage.

Pendant ce temps, Alice courait comme une dératée dans l'allée du jardin. Derrière elle, le Bandersnatch martelait le sol de ses pattes puissantes. Il était si près que la jeune fille sentait maintenant la touffeur de son souffle nauséabond lui lécher le dos.

— Hé ! Une minute ! lança-t-elle, s'arrêtant brusquement de courir. Je suis en train de rêver !

La peur le lui avait presque fait oublier.

— Suis-je idiote : il ne peut rien m'arriver, voyons !

Et croisant les bras, elle se retourna face au Bandersnatch. Caché derrière un arbre tout proche, le Loir observait la scène. Il n'en croyait pas ses yeux !

— Oh, Seigneur ! murmura-t-il, terrifié. Mais qu'est-ce qu'elle fabrique ?!

Le monstre fondit droit sur Alice. Il ouvrit sa large gueule, un filet de bave dégoulinant sur les souliers de la jeune fille ; il se pencha sur elle afin de la dévorer…

— Vous ne pouvez me faire aucun mal, le défia-t-elle crânement.

Mais ce rêve était tout de même réel. *Affreusement* réel… La belle certitude d'Alice vacillait de seconde en seconde.

« Pourtant, une créature de ce genre, cela n'existe pas en dehors des cauchemars… », tenta-t-elle de se raisonner.

Elle répéta d'une voix faible :

— Non, aucun mal…

— Fichez le camp ! s'époumona le Loir en surgissant de sa planque.

Et le brave petit rongeur se jeta sans hésiter sur le Bandersnatch. Il se cramponna à la fourrure du monstre et se hissa jusqu'à son épaule, d'où il lui planta son épingle à chapeau en plein dans son gros œil globuleux !

— Raoooooooor ! rugit de douleur le Bandersnatch furibond.

Il se débattait, ruait, grognait. Le Loir tirait de toutes ses forces sur l'épingle pour la récupérer lorsque, *pop !*, il arracha le globe oculaire avec ! Les hurlements du Bandersnatch redoublèrent de fureur. Il se mit à flanquer des coups de queue, de patte en tous sens, griffant au passage le bras d'Alice qui, n'ayant finalement plus très envie de mettre la véracité de son rêve à l'épreuve, tourna les talons… et prit ses jambes à son cou !

Dans la débâcle générale, l'Oracle avait été laissé à l'abandon par terre, au beau milieu de la Forêt de Champignons. Le calme revenu, un homme à la mine sinistre sortit du brouillard accompagné d'un cheval qu'il tenait par la bride. Une tache de naissance écarlate lui mangeait la moitié du visage. D'autres lui marquaient les mains. Et il arborait le blason de la Reine Rouge. Il contempla l'Almanach qui gisait à ses pieds. Puis il le ramassa, alarmé par ce qu'il venait d'y voir… S'assurant subrepticement qu'il n'y avait personne dans les parages, il fourra rapidement le parchemin dans sa sacoche de selle et s'éloigna.

Les Tweedle arrivèrent à leur tour là-dessus, courant chacun d'un côté d'Alice qui se sauvait toujours. Ils pointèrent un sentier du doigt, devant eux ; le chemin bifurquait dans deux directions opposées. Un panneau indiquait le « MOYORIENT », un autre panneau indiquait l'« UD ». Ce qui, dans les deux cas, ne parlait pas vraiment à Alice…

— Par là ! s'exclama Tweedledum. À l'orient vers le Moyorient !

— Non ! mugit Tweedledee. Au sud pour l'Ud !

Et chacun s'agrippa à un bras de la jeune fille, essayant de l'attirer dans la direction qu'il avait choisie. Alice rouspéta. Elle s'en fichait, d'aller à droite ou à gauche. Tout ce qu'elle voulait, c'était fuir loin d'ici, et en un seul morceau si possible !

Soudain, un cri aigu déchira le ciel. Les jumeaux s'immobilisèrent, tétanisés de terreur, lorsqu'un oiseau géant[1] se posa en travers de leur route. Il avait le bec crochu d'un aigle et les longues pattes d'une autruche. Ses petits yeux perçants d'obsidienne allaient et venaient en vitesse d'Alice aux frères Tweedle…

— JUBJUBE ! piailla-t-il alors en saisissant Tweedledee et Tweedledum dans ses serres.

Alice n'eut le temps de rien faire. Déjà, l'oiseau s'envolait, emportant les infortunés jumeaux dans les airs.

Plus de Tweedle. Plus de Lapin Blanc. Plus personne.

Alice se sentait bien seule, désormais…

---

1. *JubJub bird*, oiseau Jubjube : créature du poème épique « Le Jabberwocky ». (*N.d.T.*)

Le Château d'Horribeth, la Reine Rouge, s'élevait, lugubre, au bord de la Mer Écarlate. À sa flèche culminait l'étendard frappé des armoiries royales : le cœur embrasé. Les parois à pic de la forteresse bâtie sur des roches escarpées représentaient autant d'obstacles infranchissables. Des nuées de vautours tournoyaient au pied des remparts, où gisaient les cadavres des victimes du courroux d'Horribeth…

Les sables du Désert Rouge cernaient le Château d'un côté, tandis que la marée furieuse battait ses murs de l'autre. Ce tableau sinistre n'avait d'égal que la noirceur du cœur de la Reine.

Celle-ci piquait d'ailleurs une belle colère, à cet instant précis, ses cris secouant la bâtisse des caves aux combles. Les Valets-de-pied-Grenouilles, alignés dans le hall, se consumaient d'angoisse. Leurs pattes verdâtres se mirent à flageoler quand ils entendirent les bruits de pas rageurs approcher à l'autre bout du couloir… Puis l'immense double porte s'ouvrit soudain avec fracas sur la Reine Rouge fulminante.

La première chose que l'on remarquait chez elle, c'était cette tête positivement énorme – un crâne gigantesque surmonté d'une tignasse flamboyante. Un détail si saisissant en vérité qu'on le notait encore en deuxième point remarquable. En troisième aussi et, à bien y réfléchir, il occultait sans doute toute autre considération physique de par sa nature foncièrement surprenante. C'était à se demander comment Horribeth conservait l'équilibre. Un crâne pareil aurait dû l'emporter jambes pardessus tête !

— Quelqu'un a volé trois de mes tartes au poivre et à la mélasse ! beugla-t-elle, sa large face tordue de haine.

Elle attrapa le premier Valet-de-pied-Grenouille par le revers de sa veste et, se penchant tout contre lui :

— Les as-tu volées… ?

— N-n-n-non, Votre Majesté ! assura le misérable en bafouillant de terreur.

La Reine Rouge remonta alors la rangée de ses domestiques, les considérant tour à tour d'un air suspicieux. Au dernier, elle pivota brutalement vers lui et aboya :

— Et *toi* ? Les aurais-tu volées, par hasard ?

— Oh, non, Votre Majesté !

Sans un mot, Horribeth plissa ses yeux cruels, dont les pupilles d'encre luisaient à la fois de fureur et de gloire. Elle posa un doigt au coin de la bouche du valet incriminé et en ôta une minuscule trace de marmelade qu'elle renifla. La grenouille tremblait comme une feuille.

— Marmelade à la mélasse, crissa la Reine Rouge.

— Je vous en prie, j'avais si faim ! se défendit le voleur, bien près de s'écrouler, paniqué.

Horribeth l'ignora.

— QU'ON LUI COUPE LA TÊTE ! ordonna-t-elle d'une voix de stentor.

Aussitôt, sa garde de Gardes Rouges déboula dans le hall et se rua sur le coupable.

— Non ! Pitié, Votre Majesté ! J'ai des enfants à nourrir ! supplia le Valet-de-pied-Grenouille, ses cris de désespoir s'éteignant au loin tandis que les soldats le traînaient en dehors de la salle.

La Reine s'adressa ensuite à son Laquais-Poisson.

— Va chez lui et ramène-moi sa marmaille.

Elle se lécha les lèvres d'une langue épaisse, puis ajouta avec gourmandise :

— Une pointe de têtard sur mes toasts, ça vaut presque une pointe de caviar…

Le laquais indigné réprima un frisson d'effroi dégoûté, quand…

— Majesté ?

Horribeth se retourna, soudain tout sourires, affectant manières et coquetterie en apercevant l'homme au visage tavelé, barré d'une tache de vin, qui descendait le couloir vers elle.

— Ilosovich Stache ! Mais où vous cachiez-vous donc ?! minauda-t-elle.

Le Valet de Cœur s'inclina avec respect devant elle, lui effleura la main d'un baiser léger. La

Reine Rouge poussa un soupir ravi de mijaurée.

— Majesté, reprit Ilosovich en reculant d'un pas, j'ai trouvé l'Oracle.

Vite, elle l'emmena à la salle du trône où il déroula le précieux parchemin sur une table. Elle marmotta, sceptique :

— Quoi ? C'est *ça* ? Cette chose si *ordinaire* ?!

— Regardez mieux, ici, à la date du Jour Frabieux, recommanda le Valet de Cœur d'un ton grave.

La Reine étudia l'illustration qui avait tellement étonné Alice, peu de temps auparavant. Celle de cette jeune fille en armure qui combattait le Jabberwocky à grands coups d'épée scintillante… Horribeth rougit à nouveau de rage.

— Je reconnaîtrais cette chevelure en bataille entre mille, articula-t-elle méchamment. C'est Alice, n'est-ce pas ?

— Je le crois, en effet, acquiesça Ilosovich.

La Reine grinça des dents avant de continuer :

— Et que fait-elle à mon pauvre petit Jabberwocky chéri… ?

— Eh bien…

Le Valet de Cœur s'éloigna prudemment de la souveraine.

— … Il semblerait qu'elle le terrasse, Majesté.

— Elle a tué mon Jabberwocky ! hurla Horribeth, les yeux exorbités.

— Non, pas encore, s'empressa de la calmer le Valet de Cœur. Mais cela se produira si nous ne l'en empêchons pas…

— Stache, retrouvez Alice, s'exclama alors la Reine. Retrouvez-la-moi !

— Je vous rapporterai sa tête, et je la jetterai à vos pieds ! s'engagea l'homme dans une respectueuse révérence.

La souveraine fixait l'Oracle d'une mine sombre. Elle grommela :

— Rapportez-moi plutôt la fille *en entier.* Je m'occuperai d'elle *moi-même.*

De retour dans la cour des écuries, le Valet de Cœur enfourcha son cheval, accablant d'un regard glacial le chien de chasse qui rampait près de lui, sur les pavés. Bayard était un limier brun de piètre apparence, aux oreilles tombantes et à la paupière triste, mais il avait la réputation de posséder le flair le plus aiguisé de tout le pays.

Trois Gardes Rouges le retenaient à l'aide de lourdes cordes attachées à son collier hérissé de pointes ; Bayard tressaillit lorsque celles-ci s'enfoncèrent dans ses chairs.

— Retrouve la trace de la fille, et tu gagneras ta liberté, assena le Valet de Cœur sans une once de pitié dans la voix.

Le chien redressa la tête, une lueur d'espoir dans l'œil.

— Et ma femme ? Et nos petits ? Ils seront libres, eux aussi ? demanda-t-il.

— Toute ta petite famille rentrera au bercail, affirma Ilosovich Stache.

Bayard posa la truffe sur le sol et commença de flairer la piste d'Alice. Dans un grondement sourd, il bondit soudain en avant, passant les grilles du Château, la garde sur ses talons. Satisfait, Stache flatta l'encolure de son cheval qui murmura :

— Ces chiens ! On pourrait leur faire avaler n'importe quel bobard !

Alice, hors d'haleine, arrêta enfin de courir. Elle s'adossa à un tronc d'arbre, n'ayant aucune idée d'où elle se trouvait. Mais cela n'avait rien de nouveau, après tout. Depuis sa chute dans le terrier du Lapin Blanc, elle se sentait totalement égarée ; alors, à quoi bon s'inquiéter *maintenant* ?

Elle repoussa ses longs cheveux dorés en arrière et regarda autour d'elle. Les arbres, dans ces bois, avaient un aspect étrange, quoique bien plus normal que ceux de la Forêt de Champignons. Un peu rassurée, la jeune fille examina ses blessures. Le sang suintait des profondes entailles, sur son bras. Elle sursauta de douleur lorsqu'elle y toucha. Hé ! Comment pouvait-elle avoir aussi mal *en rêve* ?!

— Hum ! intervint alors une voix au-dessus d'elle. Il semble que vous ayez eu maille à partir avec une créature pourvue de fameuses griffes !

— Oui, et pourtant, je *sais* que je rêve ! mordit Alice, exaspérée.

Levant les yeux, elle réalisa qu'elle conversait avec… une tête de chat. Une tête qui flottait toute seule dans les branches de l'arbre ! La jeune fille retint une grimace, s'efforçant de ne pas montrer son trouble.

— Et qui vous a infligé une telle torture ? l'interrogea la tête de chat.

— Le Bandermachin, rétorqua Alice, essayant de se rappeler ce qu'avait dit Tweedledee. Ou le

Bandertruc, ou le…

— Le Bandersnatch ? termina le chat au corps invisible. Je ferais mieux d'y jeter un petit coup d'œil !

Et voici que la tête disparut ! L'instant d'après, le chat au complet réapparaissait par terre, approchant de la jeune fille en se dandinant tranquillement entre les arbres. Son sourire hypnotiseur s'étirait d'une oreille à l'autre. Alice ignorait pourquoi, mais un nom s'imposa brusquement à sa mémoire : le Chat du comté de Cheshire.

L'animal inspecta son bras meurtri quelques instants, puis son bout de langue rose sortit de sa gueule afin de lui lécher les plaies ! Alice recula d'un pas, absolument horrifiée.

— Mais que faites-vous ?!

— Il faut vous désinfecter, expliqua le Chat du comté de Cheshire d'un air amusé. Et vous avez besoin de quelqu'un ayant le don de l'invisibilité pour cela… À moins que vous ne préfériez que ce vilain bobo s'envenime et se gangrène.

Une perspective des plus terrifiantes, qui ne convainquit cependant pas la jeune fille de permettre à un chat bizarre de la lécher !

— Merci, mais tout rentrera dans l'ordre dès que je m'éveillerai, refusa-t-elle catégoriquement.

— Laissez-moi au moins vous faire un bandage, proposa le félin en brandissant brusquement un mouchoir de soie blanc.

Alice céda. Tandis qu'il nouait le mouchoir autour de son bras, il questionna :

— Comment vous appelez-vous, je vous prie ?

— Alice.

Le Chat du comté de Cheshire la scruta avec attention.

— Vous voulez dire la *vraie* Alice ?!

— Ah non, protesta-t-elle, agacée. Je n'entrerai plus dans ce jeu-là !

— Je ne me mêle jamais de politique, confia alors le Chat tout en s'assurant que personne ne les épiait. Je vous conseille pourtant fortement de reprendre votre route !

— Mais *laquelle* ?! geignit Alice. Moi, tout ce que je veux, c'est sortir de ce fichu rêve !

Le Chat du comté de Cheshire poussa un profond soupir.

— Soit. Je vous conduis au Lièvre et au Chapelier, voilà tout. Et ne m'en demandez pas plus !

Sur quoi il s'évanouit à nouveau dans les airs. Alice le chercha à droite, à gauche, fouilla les branches feuillues du regard. En vain. Jusqu'à ce qu'il réapparaisse tout à coup à quelques pas, parmi les arbres.

— Eh bien, vous venez ? demanda-t-il en regardant la jeune fille avec intensité.

De toute façon, Alice avait-elle le choix... ?

Alice aurait-elle ignoré qu'elle se rendait chez le Lièvre de Mars, elle l'aurait certainement deviné sans peine en arrivant. La maison qui se profilait au bout du sentier dissimulé dans les broussailles n'avait rien d'ordinaire. Ni chaume ni bardeaux sur le toit, mais une épaisse fourrure brune. Des cheminées en forme d'oreille de lapin ; un bouton de porte comme une petite queue blanche touffue ; de longues pattes porte-bonheur qui sortaient du sol en guise de palissade. Et ces gros yeux rouges, en lieu et place des fenêtres, occupés à toiser la jeune fille qui les observait de son côté…

Surpris, les yeux roulèrent comme des soucoupes, puis la maison elle-même sembla allonger un bras afin d'aller tapoter l'épaule du Lièvre de Mars qui prenait le thé dans son jardin.

— Pardon ?! hurla ce dernier en se tordant les pattes d'angoisse.

Il se retourna vivement, ses grandes oreilles se balançant au-dessus de sa tête.

— Où ça ? Qui est là ?

Il était assis à une immense table, présidant à un goûter ne comptant manifestement pas plus de deux invités. Et à en juger par le couvert, la réception durait depuis déjà fort longtemps… La nappe souillée, blanche par le passé, laissait voir sa trame et le bois de la table apparaissait sous le tissu troué. Les chaises, installées de guingois, paraissaient attendre des hôtes qui ne viendraient jamais. Et les pièces de porcelaine étaient dépareillées. Le Lièvre utilisait par exemple une tasse au motif bleu oriental, avec une soucoupe blanche fêlée et une théière vert clair. Et tout

était à l'avenant sur la table : de la vieille vaisselle ébréchée, renversée près de taches de thé incrustées que personne ne s'était jamais soucié de nettoyer.

Alice et le Chat du comté de Cheshire approchèrent. L'un des invités, un homme très pâle à l'expression morne, se tenait avachi sur son siège. Il portait un haut-de-forme élimé, carbonisé par endroits. Sa redingote sombre de velours usé flottait autour de son corps amaigri. Ses yeux tourmentés bordés de profonds cernes fixaient le vide.

Le second hôte, réalisa soudain Alice, était le

Loir qui, une fois de plus, la devançait. L'œil sanguinolent du Bandersnatch pendait, trophée lugubre, à sa ceinture. Le Loir se renfrogna immédiatement en apercevant la jeune fille. Alors que l'homme dépressif, connu sous le nom de Chapelier Fou, sortit au contraire aussitôt de sa léthargie. Il se redressa, son visage s'illumina. Même ses vêtements parurent plus neufs !

Et voici que, sautant sur la table, il entreprit de rejoindre Alice par ce raccourci inédit. Il avançait à larges enjambées sur la nappe, sans quitter la jeune fille d'un regard émerveillé. Elle frémit à mesure qu'il approchait… D'abord, elle ne méritait pas cette espèce d'adoration ! Et puis quelque chose, dans l'expression du Chapelier, lui inspirait autant d'anxiété que de pitié.

— Alice! s'exclama-t-il. Tu es affreusement en retard, petite vilaine !

Il tendit la main vers ses cheveux blonds, mais il n'osa pas les toucher. Le Loir cracha :

— Ce n'est pas elle. Mac Twisp s'est trompé d'Alice.

Le Chapelier Fou secoua la tête.

— Tu es Alice, indéniablement, décréta-t-il sans prêter foi aux dires de son ami. Je te reconnaîtrais entre un million !

Et, osant enfin lui prendre la main, il l'entraîna à la table. Il grimpa sur une chaise et la conduisit à sa place, par là où il était lui-même arrivé jusqu'à elle. Alice prit soin de ne pas marcher sur les tasses en traversant la nappe. Le Chapelier la fit alors asseoir à côté de lui. Mal à l'aise sous son œil insistant, Alice s'agitait sur son siège.

— Comme tu le vois, nous continuons à prendre le thé, lui expliqua le Chapelier Fou. J'ai essayé de tuer le Temps, en attendant ton retour, et il s'est vexé. En représailles, il a décidé de s'arrêter. Ni un *tic* ni un *tac* depuis !

— Le Temps peut être fort capricieux, dans les rêves, acquiesça Alice.

Le Chapelier lui jeta un regard bizarre avant de reprendre :

— Mais tu es là, à présent. À nous le Jour Frabieux !

Sur quoi il saisit la patte gauche du Lièvre de Mars, et le Loir, sa droite. Et, levant ensemble les bras au ciel, ils scandèrent à l'unisson :

— *EguoR enieR al saba !*[1]

Puis ils se lâchèrent les mains et contemplèrent Alice comme s'ils attendaient une réponse

---

1. « À bas la Reine Rouge »... de l'autre côté du miroir ! (*N.d.T.*)

de sa part. Sauf qu'elle n'avait rien compris à ce qu'ils venaient de proférer !

— Je vous demande pardon, s'excusa-t-elle, confuse.

Le Chat du comté de Cheshire, paresseusement appuyé contre la palissade de pattes de lapin qui ne manquait pas de lui signifier son désaccord en se crispant par-ci par-là, haussa les sourcils, agacé.

— *À bas la Reine Rouge*, traduisit-il pour Alice en vérifiant encore qu'on ne les espionnait pas. C'est de « l'à-l'envers ».

— C'est notre langage secret, ajouta le Loir. Celui de notre groupuscule de rebelles : la Résistance Souterraine de l'Arrière-Pays !

Et, la mine féroce, il brandit un poing déterminé. Le Chat haussa à nouveau les sourcils. Il gagna lentement la table, indolent, se glissa avec toute sa grâce féline sur l'un des sièges, empoigna une théière au bec cassé et se servit du délicieux breuvage dans une tasse de porcelaine fine ornée de papillons décolorés.

— Nous devons en finir, poursuivit le Chapelier Fou, emphatique. Terrasser la bête et tutti quanti ! Il est donc grand temps pour le Temps d'oublier et pardonner !

Le Lièvre de Mars se tira l'oreille d'une mine terriblement inquiète. Il consulta sa montre de gousset, toqua sur le verre, l'écouta un moment. Puis, à la vive stupéfaction d'Alice, voici qu'il plongea la montre dans sa tasse pleine, la ressortit et la recolla contre son oreille. De petites gouttes de thé mouchetèrent les poils immaculés de sa poitrine, mais il s'écria :

— Ça y est ! Elle fonctionne !

Le Chat du comté de Cheshire reposa sa propre tasse en grimaçant.

— Et voilà, toutes ces histoires de sang et de massacres m'ont coupé l'envie de goûter…

Le Chapelier Fou ne masqua pas son hostilité envers lui. Il susurra :

— Oh ! Pauvre minet de Cheshire ! Le monde s'écroule, et on lui gâche l'heure du thé ! C'est vraiment trop tragique…

— Ce qui est arrivé ce jour-là n'était pas ma faute ! grogna le Chat, sa queue battant furieusement l'air.

Le Chapelier perdit alors tout contrôle. Il frappa sur la table, envoyant valser la vaisselle ; Alice évita de justesse que du thé brûlant ne se renversât sur sa robe. Elle recula vite son siège, effrayée par la soudaine agressivité du Chapelier qui se mit à vitupérer à l'encontre du Chat :

— Vous les avez lâchement abandonnés pour sauver votre misérable peau ! Espèce de…

Il jurait avec véhémence, aucun doute là-dessus. Alice ne parvenait cependant pas à donner un sens précis au charabia qu'il employait. Elle ignorait cette langue, mais les violentes imprécations du Chapelier n'avaient à l'évidence rien d'amical ! Sa colère montait, montait… Les insultes rageuses fusaient, incapable qu'il était de se maîtriser. Le Chat du comté de Cheshire se glissa bientôt de l'autre côté de la table et vint poser ses pattes sur les chastes oreilles d'Alice.

— CHAPELIER ! tonna le Loir.

Le Chapelier Fou se tut brusquement. Il cligna des paupières, reprit ses esprits, se rassit et porta sa tasse de thé à ses lèvres.

— Merci, fit-il. Ça va, je vais bien.

Affirmation qui provoqua un reniflement dubitatif du côté du Chat du comté de Cheshire.

— Mais que vous arrive-t-il, Tarrant ? pesta-t-il en allant s'asseoir auprès d'Alice. Vous étiez un tel boute-en-train ! Le champion incontestable de *Giguendélire* de ce côté du pays à l'autre !

— Un champion de quoi ? intervint Alice.

— De *Giguendélire*, répondit le Loir avec impatience. C'est une sorte de danse.

Relevant le menton, le Chapelier Fou déclara alors solennellement :

— Le Jour Frabieux, quand la Reine Blanche récupérera sa couronne… ce jour-là, je *Giguendélirerai.*

Il lança un regard de défi au Chat du comté de Cheshire, par-dessus la tête d'Alice. Le Chat le fusilla à son tour d'un regard noir, et la jeune fille gigota sur son siège, déplorant amèrement de se trouver ainsi assise entre ces deux feux. Soudain, le Lièvre de Mars sursauta.

— Pardon ?!

La maison venait encore de lui tapoter sur l'épaule. Il gémit :

— Le Valet de Cœur ! Vite, il faut la cacher !

Le Chat du comté de Cheshire s'évanouit dans les airs. Le Chapelier ramassa un flacon sur la table, et le fourra dans les mains d'Alice qui regimba. Ce flacon ne lui était pas inconnu… et il ne présageait rien de bon !

— Bois ça ! la pressa le Chapelier Fou.

— Oh non, pas question ! protesta la jeune fille en se rappelant la salle des portes, au fond du terrier du Lapin Blanc.

Le Loir lui saisit alors les poignets et la maintint prisonnière. Alice tenta de se débattre, mais le Chapelier lui versa de force le contenu du flacon dans le gosier et, avant même qu'elle puisse recracher, elle ne mesurait déjà plus que quinze misérables centimètres de haut !

Comble de l'affront, le Chapelier Fou s'empara d'elle et la jeta dans la théière la plus proche.

« Une chance qu'elle soit vide ! » pensa Alice en s'affalant sur la porcelaine froide.

Elle tâtait les parois incurvées, trop lisses pour espérer y grimper, lorsqu'elle aperçut le Chapelier géant, qui la regardait par l'ouverture de la théière, avant de la coiffer de son couvercle.

— Attention à la tête, Alice, recommanda-t-il comme la pénombre tombait sur elle.

La jeune fille rétrécie croisa les bras sur sa poitrine, vexée. Un rayon de lumière lui parvenait quand même du bec de la théière. Et des éclats de voix très clairs, de l'extérieur. En revanche, elle ne voyait pas la scène. Elle n'aurait jamais imaginé le Chapelier Fou faisant l'arbre droit sur son siège, le Loir plongeant dans la soupière, ni le Lièvre de Mars s'allongeant sur la nappe entre les tasses et les soucoupes !

Autant de postures ridicules dans lesquelles

ils accueillirent le ténébreux Ilosovich Stache flanqué de deux Gardes Rouges et de leur fin limier. Le chien de chasse se rua sur la table en flairant et humant bruyamment.

— Tiens, tiens ! grinça le Valet de Cœur. Mon trio de cinglés favori !

— Vous êtes en retard pour le goûter ! brailla le Lièvre de Mars en lui lançant une théière – fort heureusement pas celle où Alice restait tapie ! – à la tête.

Stache ne se fatigua même pas à esquiver le projectile ; il s'écrasa sans dommages à quelques pas de lui.

— Nous cherchons une dénommée Alice, articula-t-il, en balayant l'assemblée d'un œil dédaigneux.

Au fond de sa cachette, la jeune fille tressaillit. Elle ne voyait pas le Valet de Cœur, mais le simple ton de sa voix lui donnait la chair de poule. Pourquoi tout le monde s'intéressait-il donc à elle à ce point, dans ce pays ? Ce fichu rêve ne s'achèverait-il jamais ?!

— Oh, à propos de la Reine ! intervint subitement le Chapelier comme si Stache avait parlé d'elle. Écoutez donc cette charmante mélodie que nous avons interprétée à son concert…

Et malgré leur dramatique manque d'oreille musicale, le Loir, le Lièvre et le Chapelier entonnèrent en chœur :

— *Brille, brille, chauve-souris ! Que ne sais-je pourquoi tu luis !* [1]

Alice, au désespoir, enfouit son visage dans ses mains. Devait-elle vraiment compter sur ces *gens-là* pour la protéger ? Qu'allait-elle devenir si le Valet de Cœur les tuait ou les arrêtait ? Personne ne songerait jamais à la rechercher dans une théière ! Elle finirait par atterrir chez un brocanteur de Portobello Road et, le jour où un client l'achèterait, quelle ne serait sa surprise de découvrir ses minuscules ossements tout desséchés à l'intérieur ! Oui, l'espace d'une minute, Alice s'apitoya sincèrement sur son triste sort…

« Mais ce n'est qu'un rêve, se raisonna-t-elle enfin pour la énième fois. Je n'ai rien à craindre. Il ne peut rien m'arriver ! »

Pourtant, à l'extérieur, les choses s'envenimaient nettement. La joyeuse petite chorale venait d'être brutalement interrompue. Stache tenait le Chapelier Fou par le cou, tandis qu'un Garde Rouge frappait de son arme le Lièvre

1. Parodie de la berceuse : « Twinkle, twinkle, little star ». (*N.d.T.*)

de Mars, et que l'autre ébouillantait de thé le Loir. Une veine que le garde n'ait pas choisi la théière d'Alice… Mais le Lièvre et le Loir glapissaient littéralement de douleur !

— Si vous cachez la demoiselle, vous y perdrez la tête, les menaça alors le Valet de Cœur entre ses dents serrées.

— Oh, mais ça, c'est *déjà fait* ! répliqua le Chapelier en pouffant malgré les poignes de Stache contre sa glotte. Allons, tous à l'unisson !

Avec ses complices, ils reprirent leur petite chanson :

— *Dans la nuit tu planes et voles ! Comme de thé un plein bol ! Brille, brille, chauve-souris ! Brille, brille, brille, brille !*

Et ils explosèrent d'un rire aigu, nerveux, irrépressible, inquiétant… L'air atterré, Ilosovich Stache relâcha le Chapelier et contourna la table. Au même moment, Alice voyait avec effroi une grosse truffe noire approcher du bec verseur de sa théière. Posant ses lourdes pattes sur la table, le chien commença de renifler dans sa direction… Vite, le Chapelier jeta un coup d'œil au Valet de Cœur. Parfait, il leur tournait le dos. Laissant les deux autres continuer de chanter sans lui, il se pencha à l'oreille du chien et murmura :

— *EguoR enieR al saba !*

Il désigna la théière d'une mine éloquente. Le limier s'immobilisa, planta ses grands yeux tristes dans ceux tourmentés du Chapelier. Puis il sauta à terre et fit semblant de repérer une nouvelle piste, fonçant tout droit dans les bois.

— Suivez-le ! Vite ! commanda Stache à ses hommes.

Les Gardes Rouges partirent au triple galop à ses trousses. Le Valet de Cœur, suspicieux, s'attarda un instant dans le jardin du Lièvre de Mars.

— Vous êtes tous dingues, assena-t-il finalement en s'éloignant à son tour.

Derrière lui, les trois buveurs de thé hurlaient et se tordaient dans des rires convulsifs. Lorsque Stache disparut à la lisière de la forêt, cependant, le Loir et le Lièvre se turent soudain. Seul le Chapelier riait encore. Et encore. Et encore…

— CHAPELIER ! trancha le Loir.

Ce dernier stoppa net. Il parut se ressaisir, revenir petit à petit des frontières de l'hystérie…

— Je vais bien, affirma-t-il en tapotant le bord de son chapeau. Je vous assure, ça va maintenant.

Il se pencha sur la table, souleva le couvercle de la théière qui emprisonnait Alice et jeta :

— Oups, désolé. Une seconde, je te prie !

Il tira une longue paire de ciseaux de modiste de sa poche et lui tailla en deux temps trois mouvements un ensemble miniature, utilisant le couvre-théière, un napperon, et un morceau de son ancienne robe. Après tout, elle ne pouvait même plus la traîner derrière elle, à présent ! Il remit alors ses vêtements neufs à la jeune fille, puis referma le couvercle de la théière afin de lui ménager un minimum d'intimité.

Peu après, Alice toqua contre le couvercle. Le Chapelier lui ouvrit et la jeune fille sortit de sa cachette, parée des habits qu'il lui avait confectionnés.

Il fallait l'avouer, admit Alice, ils lui allaient beaucoup mieux, étaient infiniment plus confortables que la robe que sa mère lui avait imposée ce matin dans le monde réel, corset ou non. Le Chapelier admira son travail :

— Pas mal du tout ! se félicita-t-il, avant d'ajouter d'un ton sinistre : Ça aurait pu être pire…

Puis il se défendit dans la foulée comme si quelqu'un l'avait attaqué :

— Oui, eh bien, j'ai fait de mon mieux !

Le Loir s'extirpa là-dessus de sa soupière, le poil poisseux de thé dressé en pointes autour du crâne.

— Grâce au ciel, le chien est dans notre camp, remarqua-t-il en s'ébrouant. Sinon…

Il passa un doigt en travers de sa gorge pour montrer à Alice l'abomination à laquelle elle venait d'échapper. Le Lièvre de Mars se tordit à nouveau les pattes d'angoisse.

— Nous ferions mieux de la conduire chez la Reine Blanche, suggéra-t-il. Elle sera en sécurité, là-bas.

— Cette Reine pourra-t-elle m'aider à me réveiller ? demanda Alice qui, coquette, arrangeait toujours sa tenue malgré la gravité de l'heure.

Pour la deuxième fois ce jour-là, le Chapelier lui jeta un regard interloqué.

— Si c'est faisable, elle seule en sera capable, promit-il.

Il ôta son haut-de-forme, le posa sur la table à côté d'Alice et récita :

— Le carrosse de Madame est avancé !

— Votre chapeau ? s'étonna la jeune fille.

— N'importe qui peut voyager à cheval, ou même en train, répliqua le Chapelier Fou d'un ton désinvolte. Mais aucun moyen de locomotion n'égale le haut-de-forme !

Bien qu'Alice en doutât sérieusement, elle grimpa sur le chapeau et s'assit dessus en masquant combien cela la rendait nerveuse. Le Loir trottina jusqu'à elle et la poussa pour s'installer aussi. Le Chapelier intervint :

— Navré, Mally. Juste Alice.

Le Loir souffla de contrariété en descendant du rebord de feutre et lança un regard jaloux à la jeune fille quand le Chapelier Fou, très stylé, planta son haut-de-forme sur sa tête. Mally avait beau être une petite femelle très garçon manqué, elle nourrissait cependant certains sentiments secrets à l'égard du Chapelier…

— *À bien sûr* tout le monde ! chantonna ce dernier en prenant le chemin des bois.

— Mais votre thé ! s'époumona le Lièvre de Mars dans leur dos. Vous n'avez pas pris votre thé !

— Attention, Alice ! prévint le Chapelier.

La jeune fille se baissa juste comme une théière leur passait au ras de la tête.

« Le Valet de Cœur n'avait pas tort, ne put-elle s'empêcher de penser. Ces trois-là ne sont pas des plus sensés… »

Elle n'avait pourtant personne d'autre sur qui compter… Cinglés ou pas, il faudrait bien qu'elle en prît son parti !

Alice se cramponnait de son mieux au haut-de-forme du Chapelier Fou, lequel traversait le Bois Touffeté d'un pas guilleret. Les branches basses la frôlaient gentiment au passage, les rayons du soleil jouant au théâtre d'ombres dans le feuillage vert translucide. Quelle paix ! Quelle sérénité ! La jeune fille avait peine à croire qu'elle venait d'échapper de peu à l'estomac d'un Bandersnatch enragé, puis aux filets d'un Valet de Cœur acharné…

Tout en avançant, le Chapelier psalmodiait quelque chose dans sa barbe. Une espèce de ritournelle dont les mots n'avaient pas la moindre signification pour Alice :

Mijeur venue, les brillards agifrés
Gyrosforaient dedans l'ombre soleure,
Les plumiffés moroses oisivaient,
Et les chonvers fourvus gronuaient en chœur[1]

Il fredonnait comme un écolier récite sa leçon. Intriguée, Alice descendit sur l'épaule du Chapelier et s'enquit :

— Quelle est cette étrange poésie ?

— Une légende de l'Hors-Pays, répondit-il avec un sourire en coin, charmeur. Elle parle de toi ! Écoute…

Et brandissant sa Vorpaline Épée…
Un coup, deux coups, elle frappe et tranche sec,
Tchic, tchac, tchec ! foudroie la lame vorpale…[2]

Alice décida qu'il était grand temps de mettre

1. Première strophe du poème épique « Le Jabberwocky ». (*N.d.T.*)
2. Condensé des 3e et 5e strophes du poème épique « Le Jabberwocky ». (*N.d.T.*)

fin à cette loufoquerie malsaine ; elle déclara fermement :

— Il n'est pas question que je terrasse quoi que ce soit. Je ne suis pas une *massacreuse*, moi. Abandonnez donc tout de suite ces velléités farfelues.

Le Chapelier s'immobilisa.

— Oh… Eh bien, dans ce cas, va au diable.

Et la retirant de son épaule, il la déposa à terre et reprit sa route. Alice, sidérée, s'élança à sa poursuite. Avec sa taille si réduite, elle devait courir pour rester à son niveau !

— Attendez ! Vous n'allez quand même pas me laisser ici !

Accusant quinze petits centimètres de la pointe de son pied au sommet de son crâne, elle avait des raisons de craindre de faire le festin d'un faucon. Ou d'un écureuil affamé, qui sait ?

« Vu le genre de créatures qu'abrite ce pays, si les écureuils existent, gageons qu'ils soient bleus, avec trois mètres de long et de distingués gants blancs ! » se dit Alice.

Le Chapelier Fou se retourna soudain vers elle.

— Si tu avais seulement idée de ce qu'a pu faire la Reine Rouge…, commença-t-il, l'air hanté.

Puis il l'imita, le timbre haut perché :

— Mais quelle importance ? Tu n'es pas une *massacreuse, toi* !

Alice leva les mains dans un geste d'impuissance. C'était trop injuste, de se moquer d'elle dans cette situation !

— Même si je le voulais, je ne pourrais jamais le terrasser, votre monstre ! protesta-t-elle.

On n'enseignait pas ces choses-là aux jeunes filles de bonne famille ! En plus, elle n'était déjà pas capable de tuer les araignées et les chenilles qui pénétraient chez elle, alors un Jabberwocky… Les poings sur les hanches, le Chapelier la fustigea du regard.

— Tu as changé, Alice. Tu étais tellement plus… beaucoup plus… Enfin bref, tu as perdu ton *quantum-même*[1] ! termina-t-il en hochant la tête, fier d'avoir su trouver le mot juste.

— Mon *quan-quoi* ?! demanda malgré tout la jeune fille, pas convaincue.

Il s'accroupit devant elle et, lui tapotant l'estomac du doigt :

— C'est là-dedans que ça se passe. Il manque un truc.

Sur quoi il se redressa et se remit en chemin. Alice fronça les sourcils, perplexe ; qu'avait-il voulu dire exactement ? Et d'abord, comment pouvait-il savoir qu'il lui manquait quelque chose ? Surtout qu'il ne lui manquait peut-être rien !

— Racontez-moi ce que la Reine Rouge a fait ! pria-t-elle alors en le rattrapant au pas de course.

Il s'arrêta net.

— Ce n'est pas une histoire bien réjouissante…

---

1. *Muchness* dans le texte original : quantité de soi d'égalité parfaite et au-delà (« pareillitude »). (*N.d.T.*)

— Tant pis. Racontez-la-moi quand même.

Le Chapelier la ramassa avec précaution. Il la redéposa doucement sur son épaule. Et tous deux repartirent de l'avant. Le paysage subissait maintenant de sensibles modifications, nota Alice. Aux arbres touffus et colorés succédaient des troncs noueux dotés de branches calcinées dont les griffes de bois s'élevaient à l'assaut du ciel du soir…

Le Chapelier s'enfonça dans un fourré de broussailles enchevêtrées. Ils débouchèrent dans une espèce de clairière circulaire, délimitée par un sol totalement brûlé et stérile. Les larmes aux yeux, la voix rauque, le Chapelier entama enfin son récit…

— À cette époque, j'étais Chapelier de la Reine. Les membres du Clan Hautdeforme travaillent à la Cour de génération en génération, c'est la tradition.

Il fixait d'un œil hagard la clairière dévastée, plongeant dans les abîmes douloureux du souvenir de ce Jour Tyrhorribique[1]…

Le Clan Hautdeforme au complet – enfants comme adultes –, et en tenue de gala s'il vous

1. Jour fatidique où la Reine Rouge prit le contrôle de l'Arrière-Pays. (*N.d.T.*)

plaît, s'était réuni ici pour l'occasion, arborant chacun un chapeau claque flambant neuf. Ils acclamaient la Reine Blanche et sa suite, en procession sur de blancs destriers. Les pans de la robe immaculée de la Reine flottaient souplement dans son dos tandis qu'elle trottait en tête du cortège. À ses côtés paradaient le Lièvre de Mars, le Chat du comté de Cheshire, le Lapin Blanc et bien d'autres encore… tous appartenant à l'éminente Cour Blanche. On venait ainsi rendre hommage au preux Chevalier Blanc, qui se tenait fièrement au centre de la clairière, sa scintillante Épée Vorpaline à la main.

Tout en racontant, le Chapelier ressentit exactement la même terreur que celle qui étreignit leur cœur, ce jour-là, lorsqu'une gigantesque paire d'ailes membraneuses à l'envergure inimaginable vint subitement survoler l'assemblée, masquant la lumière du soleil sur cette partie de la forêt. Une même expression d'indicible horreur se dessina sur les visages qui se levèrent vers le ciel ; personne encore n'avait vu pareille créature !

Le Chevalier Blanc lui-même, leur héros, leur champion, lui, censé affronter pour eux les pires cauchemars, le Chevalier Blanc en perdit la parole et l'honneur, jetant sa Vorpaline Épée dans l'herbe avant de prendre la poudre d'escampette. La panique ne tarda pas à gagner la foule. Si leur formidable protecteur ne pouvait se mesurer au Jabberwocky de la Reine Rouge, alors personne au monde ne le pourrait ! Tous se mirent à courir en hurlant, se poussant et se bousculant dans la clairière, tentant coûte que coûte d'échapper aux flammes que le monstre furieux soufflait au-dessus de leurs têtes.

Quand le cheval de la Reine Blanche se cabra, le Chapelier se précipita pour le retenir par la bride et conduire rapidement Sa Gracieuse Majesté à l'abri. Il vit du coin de l'œil le Lapin Blanc guider les fuyards ; le Lièvre de Mars paralysé de frayeur ; le Chat du comté de Cheshire aider les Hautdeforme à encercler les enfants de la famille pour les protéger de leurs corps… Mais le Jabberwocky descendit en piqué sur eux, crachant un mur de feu ravageur, et le Chat du comté de Cheshire décida instantanément de s'évanouir dans les airs. Le sort du Clan Hautdeforme fut anéanti en un battement de paupière sur le bûcher : des cris d'agonie, une colonne de fumée, un tas de cendres grises.

Fou de douleur, le Chapelier eut encore le

temps d'assister au triomphe du Valet de Cœur, avant de filer sous le couvert des bois avec la Reine Blanche. Ilosovich Stache s'empara en effet de l'Épée Vorpaline abandonnée par terre et la brandit victorieusement vers le ciel. Le Jabberwocky s'en retourna alors au bercail en poussant un cri aigu de contentement, ne laissant derrière lui que carnage, désastre… et l'unique survivant d'une dynastie encore si soudée et prospère un instant auparavant : le Clan Hautdeforme.

Le Chapelier était revenu peu après sur les lieux du drame. Il s'était agenouillé dans les décombres, éperdu de chagrin, avait passé la main dans les braises encore tièdes. Il ne restait rien des siens, de sa famille adorée, totalement décimée. Rien… sauf un chapeau claque calciné qu'il avait ramassé. Il en avait brossé avec amour la suie qui le recouvrait, puis il l'avait vissé fermement sur sa tête…

Alice n'avait pas quitté le Chapelier des yeux de tout le récit. Elle avait le cœur brisé pour lui. Elle comprenait maintenant les abysses de sa folie et compatissait de toute son âme à sa peine insurmontable. Elle contempla son haut-de-forme brûlé, s'abîma dans l'expression tourmentée de son regard. Le Chapelier était secoué de crispations nerveuses. Sa raison flottait à nouveau au bord de la démence, torturée par le remords, la haine, l'impuissance face au malheur, et la perte irrémédiable…

— Chapelier ? se risqua Alice.

Elle se rappela soudain comment le Loir le ramenait à la réalité, dans ces moments-là, et s'exclama :

— CHAPELIER !

Il tressaillit, de retour des méandres de son esprit incurable. Il se hâta :

— Je vais bien. C'est bon, ça va.

— Vous êtes sûr ? s'inquiéta Alice.

Au lieu de répondre, le Chapelier se tourna brusquement vers la frondaison d'arbres sombres qui délimitait la clairière.

— Tu as entendu ça ? chuchota-t-il. Je suis certain d'avoir entendu quelque chose…

Alice tendit l'oreille vers les bois.

— Des voix ? dit-elle avec angoisse.

— Les Gardes Rouges ! s'écria le Chapelier en pivotant sur ses talons.

Les aboiements du chien de chasse résonnaient, sinistres, dans le crépuscule. Ni une ni deux, le Chapelier fourra la petite Alice dans la poche de sa redingote et se mit à courir droit devant lui. Alice, ballottée de droite et de gauche, se cramponnait de toutes ses forces à la doublure de brocart. Les ombres de la nuit tombante étaient absolument effrayantes…

Le Chapelier fonçait vers la lisière de la forêt. Il filait à toute allure, esquivait agilement les branches basses, bondissait par-dessus les vieilles souches. Ayant subitement conscience d'un mouvement de mauvais augure, sur sa droite, il obliqua sans ralentir, lorsqu'un Garde Rouge se dressa en travers de sa route. Tel du vif-argent, le Chapelier changea à nouveau de direction… et se heurta à un autre Garde.

Trop tard : ils étaient cernés !

— Va au sud, aux Grampas Bluffs, murmura le Chapelier. Le Palais de la Reine Blanche est à Marbreroi, juste derrière les falaises !

Alice ne réalisa qu'à cette dernière phrase qu'il s'adressait à elle. Elle aurait voulu protester, refuser de l'abandonner aux mains de l'armée de la Reine Rouge… mais tout alla très vite. Le Chapelier ôta son haut-de-forme et s'inclina, conciliant, devant les Gardes. Le visage ainsi dissimulé, il ordonna encore tout bas à Alice :

— Monte sur le chapeau. Vite !

La jeune fille réfléchit que les soldats le libéreraient peut-être, s'ils ne la trouvait pas avec lui. Sans hésiter, elle bondit sur le haut-de-forme. Le Chapelier leva les bras et, comme un discobole, il l'envoya valser haut par-dessus les arbres. Alice s'agrippa au rebord du chapeau, fermant les yeux tandis qu'elle planait à travers la forêt. Dans son dos, elle entendit le Chapelier braver leurs assaillants d'un retentissant :

— À BAS LA REINE ROUGE !

Le cœur de la jeune fille se serra. En accaparant l'attention des Gardes Rouges, son ami venait de se sacrifier pour son salut ; à présent, ils l'arrêteraient de toute manière, qu'elle fût ou non à son côté…

Le haut-de-forme atterrit finalement en douceur dans l'herbe épaisse, loin, bien loin du Chapelier. Alice regarda d'abord dans sa direction, puis elle se tourna vers le sud, où se dessinait un groupe de collines à l'horizon. Mais il faisait déjà nuit noire, et maintes sortes de bruits étranges emplissaient l'atmosphère. Alice décida alors que, quel que fût l'endroit où elle allait, il serait plus raisonnable d'attendre d'y voir clair pour s'y rendre. Et, se glissant à l'abri sous le chapeau, elle se blottit dans l'herbe et s'endormit. Son sommeil ne se révéla guère reposant, peuplé de Bandersnatch voraces, de Jabberwocky gigantesques, de hauts-de-forme calcinés, et de hurlements d'enfants. Elle fut presque soulagée quand une espèce de reniflement, autour du haut-de-forme, l'éveilla en sursaut.

Devinant rapidement de qui il s'agissait, elle s'assit tandis que l'intrus renversait le chapeau ; les rayons du soleil matinal glissèrent sur elle alors qu'une grosse truffe sombre venait tout près la flairer. Bayard, le limier du Valet de Cœur ! Et personne ne l'accompagnait… Alice se redressa, furieuse, en lui souffletant le museau.

— Sale traître ! Renégat ! Tu devais éloigner les Gardes Rouges ! Le Chapelier avait confiance en toi !

Le chien recula d'un pas, ses longues oreilles bringuebalant mollement autour de sa gueule d'une tristesse infinie.

— Ils tiennent ma femme et nos petits, se défendit-il piteusement.

Cela ne calma pas la colère de la jeune fille, qui songeait sans cesse au profond désarroi de son ami, dans la clairière dévastée. Elle s'enquit sèchement :

— Comment vous appelez-vous ?

— Bayard.

— Eh bien, Bayard : assis ! commanda-t-elle avec dureté.

Il pencha la tête d'une mine interdite. Elle insista :

— Assis !

Il obéit alors, mi-surpris, mi-amusé. Soudain, il réalisa :

— Répondriez-vous au nom d'Alice, par hasard ?

— Oui, mais je ne suis pas la bonne, j'en suis une autre.

Bayard gratta la terre d'un air buté.

— Le Chapelier ne se serait pas livré à l'ennemi pour n'importe quelle Alice, remarqua-t-il simplement.

La jeune fille se sentit aussitôt coupable. Pourquoi le Chapelier avait-il commis un acte si insensé ? Elle n'était certainement pas l'Alice en laquelle il croyait tant. Il n'y avait aucun doute là-dessus : ce n'était pas demain la veille qu'elle serait capable de terrasser un monstre ! Mais plutôt que de gloser encore et encore sur la bonne et la mauvaise Alice, elle préféra changer brutalement de sujet :

— Où les Gardes Rouges ont-ils emmené le Chapelier ?

— Au port d'Ansécarlate, au Château de la Reine Rouge, répondit le chien de chasse.

Les brins d'herbe ondulèrent légèrement dans le vent lorsque Alice se retourna une fois encore vers le vieux haut-de-forme du Chapelier. Le Chapelier habité d'une telle détresse…

— Bayard, nous partons le délivrer ! déclara-t-elle alors d'un ton résolu.

Le limier secoua la tête.

— Impossible. Ce n'est prédit nulle part, ça…

— Et alors ? Je m'en fiche royalement. C'est ma faute, si le Chapelier est là-bas !

Bayard se redressa, le pelage hérissé.

— Mais le Jour Frabieux approche à grands pas. Vous devez vous préparer à affronter le Jabberwocky !

— J'en ai assez ! s'exclama soudain Alice en tapant du talon par terre. Depuis que je suis tombée dans le terrier du Lapin Blanc, on n'a pas cessé de me seriner ce que je devais faire et qui je devais être. On m'a rapetissée, grandie, griffée, et même retenue prisonnière au fond d'une théière ! On m'a tour à tour accusée d'être Alice, puis reproché de ne pas l'être. Mais c'est *mon* rêve, à la fin ! À partir de maintenant, je reprends les rênes : *je* décide des événements.

— Oh, voyons ! frémit le chien en plantant ses griffes dans le sol. Si vous vous écartez du sentier établi, il ne…

— Dorénavant, c'est *moi* qui trace le sentier ! l'interrompit la jeune fille.

Sa détermination forçait le respect. Bayard céda donc et s'allongea à ses minuscules pieds. Alice se pendit à l'une de ses oreilles pour grimper sur son dos. Elle s'assit entre ses épaules, les poils bruns et rêches de son cou plein de plis lui chatouillant les mains.

— Conduisez-moi à Ansécarlate, ordonna-t-elle au chien, une fois bien en place. Et n'oubliez pas le haut-de-forme, surtout.

Bayard prit docilement le chapeau entre ses dents, puis il s'élança en direction des terres de la Reine Rouge. Alice se cramponnait à son collier noir serti de pointes d'acier tandis qu'ils voyageaient vite, de plus en plus vite, traversant des contrées incroyables, des paysages tels que la jeune fille n'en avait jamais vu.

Quand Bayard se retrouva à patauger dans un marécage de boue cramoisie, il maintint le précieux chapeau bien haut dans sa gueule de peur de le souiller. Sa course effrénée assécha bientôt les cloques de vase qui lui engluaient le pelage et s'effritèrent ainsi peu à peu en chemin. Ils atteignirent enfin un vaste désert de sable incarnat, un lieu des plus hostiles au bout duquel s'érigeait une bâtisse lugubre : un immense château de pierre sombre…

Les grains de sable brûlant fouettaient le visage d'Alice. Sous les rayons mordants du soleil, elle s'aplatit tout contre Bayard qui courait à perdre haleine, martelant la surface plane de ses pattes massives. En approchant du Château, elle perçut le mugissement du ressac et réalisa subitement que le bâtiment s'élevait en bordure d'une mer tempétueuse dont les vagues s'écrasaient sur les flancs d'à-pics rocheux vertigineux.

Le Château de la Reine Rouge apparaissait maintenant comme une véritable forteresse aux parois imprenables, des remparts prometteurs de désastres, de pleurs et de grincements de dents. Bayard s'arrêta au bord des douves : un plan d'eau pestilentiel dépourvu de pont-levis, dans lequel flottaient des dizaines de têtes blanchâtres en putréfaction qui s'entrechoquaient, la peau molle et boursouflée. Les têtes tranchées des condamnés… Alice ferma les yeux en frissonnant.

— Et il n'y a qu'une façon de franchir cette fosse…, assena Bayard d'un air navré.

Il soupira devant l'amoncellement morbide qui peuplait les douves. Alice rouvrit les paupières. Elle suivit son regard à la surface de l'eau stagnante, puis elle prit une lente inspiration, puisant son courage au plus profond de son âme.

— On va bien voir si j'ai perdu mon *quantum-même* ! murmura-t-elle.

Elle descendit des épaules de Bayard, s'accroupit au bord des douves et… sauta bravement sur la tête la plus proche. Elle atterrit dans un *splash* écœurant, bondissant dans la foulée sur une autre tête coupée, et ainsi de suite de tête ballottante en tête ballottante jusqu'à l'autre bord du plan d'eau, où elle s'affala dans l'herbe et vomit. Alice avait écrabouillé l'œil de quelqu'un, en traversant ; elle en avait l'horrible certitude ! Ce cauchemar était vraiment le pire qu'il lui eût jamais été donné de faire…

Une fois plus ou moins remise, Alice se releva et contempla avec désespoir la hauteur de mur gigantesque du Château. Déjà, une fille de taille normale aurait eu toutes les peines du monde à l'escalader ; alors, une Alice de quinze centimètres en tout et pour tout ! Et puis…

Elle eut subitement une idée. Elle commença d'explorer la base de la paroi, et finit par trouver ce qu'elle cherchait : une fissure assez large pour qu'elle s'y faufilât ! Elle fit volte-face et interpella Bayard, de l'autre côté des douves :

— Bayard ! Le chapeau !

Le chien le ramassa d'un coup de dents. Il se mit à tournoyer sur lui-même et l'envoya de toutes ses forces dans les airs. Le haut-de-forme s'envola comme prévu haut, très haut au-dessus des douves et plana jusqu'au mur d'enceinte de la forteresse, qu'il franchit allègrement.

— Merci ! cria la jeune fille, enchantée.

— Bon vent, vraie-ou-fausse-Alice ! aboya alors le fin limier. Et bonne chance !

Alice se glissa dans la lézarde du mur et avança en se tortillant entre les pierres. Un moment, elle craignit d'être coincée à mi-chemin, ce qui aurait constitué une énième manière très peu plaisante de mourir dans ce pays… mais elle émergea finalement saine et sauve de l'autre côté de la paroi.

Elle déboucha dans un jardin – encore ! Quoique, à bien y regarder, celui-ci fût beaucoup mieux entretenu que le premier, et heureusement débarrassé de fleurs hautaines et critiques, les spécimens s'épanouissant ici semblant ne posséder ni visage, ni, par conséquent, opinion malsonnante.

Tapie sous un buisson, Alice, prudente, scruta les environs. La belle pelouse de gazon gras et verdoyant qui s'étendait à perte de vue lui rappela celle des Ascot, d'autant que des gens y disputaient justement une partie de croquet.

Mais des gens d'un style quand même un peu particulier..., nota la jeune fille.

Elle identifia sans difficulté aucune la Reine Rouge, avec sa minuscule couronne posée sur son crâne énorme, et ses joues écarlates de jubilation. Les trois courtisans qui jouaient avec elle étaient chacun affublés d'une particularité physique des plus singulières. L'une des deux femmes arborait un nez monumental, l'autre, des oreilles qui lui descendaient sous les épaules. L'homme traînait quant à lui un ventre si protubérant qu'Alice doutât qu'il pût voir la boule de croquet à ses pieds.

TCHOC ! frappa le maillet de la Reine.

OUITCH ! suivit un petit couinement d'agonie. Le groupe de courtisans applaudit et acclama le joli coup. La Reine Rouge renifla avec fatuité en continuant son parcours. Elle frappa à nouveau sa boule de croquet, le même gémissement retentit. Alice balaya la scène d'un regard étonné, mais elle ne comprit d'où provenaient les cris que lorsque la boule roula plus près d'elle. En fait de boule de bois, la Reine jouait avec un hérisson vivant dont on avait lié ensemble les quatre pattes ! Ses piquants étaient pleins de terre et le pauvre animal stoppa net, le museau enfoui dans l'herbe. Alice l'entendit haleter, étouffant à demi, incapable de respirer dans cette position. C'était bouleversant et pathétique à la fois !

TCHOC ! cogna encore la Reine Rouge. De sa cachette, Alice réalisa alors que, en guise de maillet, la Reine brandissait en réalité un malheureux flamant vivant, aux pattes également attachées. Chaque fois que son bec heurtait le hérisson, les deux suppliciés tressaillaient de douleur. Ce dernier coup envoya le hérisson valdinguer tout près d'Alice, sous les fourrés. Sans hésiter, elle entreprit de le délivrer. Le hérisson terrorisé couina.

— Là, du calme ! le rassura-t-elle. Je veux juste t'aider !

Ses doigts tremblaient de colère tandis qu'elle dénouait les liens. Il fallait être un vrai monstre pour infliger une torture pareille à un fragile petit animal sans défense !

— Ma boule ! s'époumona la Reine avec rage. Où est ma boule ? PAGE ! Retrouve-la-moi !

La dernière cordelette céda enfin, libérant le hérisson qui chancela misérablement sur ses pattes engourdies. Il fixa Alice d'un œil ébaubi avant de filer sans un mot, titubant sous le feuillage. La jeune fille allait s'enfoncer à sa suite, lorsqu'une paire de pattes blanches se dressa soudain en travers de sa route.

Elle leva les yeux, haut, loin au-dessus d'elle, et reconnut le Lapin Blanc qui, à sa vive surprise, portait un costume de page royal. Ainsi, il servait la Reine Rouge ? Mais dans ce cas, pourquoi avoir enlevé Alice ? Pourquoi l'avoir conduite dans ce monde insensé ?

— Par ma fourrure et mes moustaches ! s'exclama-t-il, apparemment aussi stupéfait que la jeune fille. Si ce n'est pas notre fausse Alice… Que faites-vous là ?

— J'ai deux missions à accomplir, rétorqua-t-elle sèchement en lui faisant signe d'approcher.

Il se pencha vers elle. Quand son museau velu fut à sa hauteur, Alice lui envoya une droite bien sentie !

— Aïe !

— Ça, c'est pour m'avoir amenée dans ce pays contre ma volonté ! le fustigea la jeune fille.

— Vous n'aviez pas à me boxer ! se plaignit le Lapin Blanc. Je vais avoir un hématome, maintenant ! Voyez-vous quelque chose ?

Les moustaches frémissantes d'angoisse, il tendit le menton afin qu'Alice vérifiât. Elle se plia à ses caprices, ausculta son pelage pâle et constata :

— Non, ça va, il n'y a rien.

— Quelle est votre seconde mission ? s'enquit alors le Lapin en se frottant le menton avec humeur.

— Je viens sauver le Chapelier.

Le Lapin Blanc manqua exploser de rire.

— Vous ne risquez pas de sauver grand monde avec ces proportions de gerbille !

Alice dut convenir qu'il n'avait pas tort. Elle réfléchit un moment, puis demanda :

— Vous savez, ce gâteau qui m'a fait grandir, tout à l'heure, dans le vestibule de votre terrier… vous en resterait-il ?

Le Lapin tâta ses poches.

— Si fait, je crois en avoir un morceau par ici…

Il fouilla partout dans ses riches habits et extirpa enfin d'un repli quelconque une part du gâteau magique. Alice s'en empara et l'engloutit d'une traite.

— Pas tout à la fois, malheureuse ! s'écria le Lapin Blanc.

Trop tard… Alice poussait déjà comme un champignon ! Les coutures de ses vêtements craquèrent instantanément, les boutons s'arrachèrent…

— Non, stop ! Stop ! supplia le Lapin qui se tordait les pattes de nervosité. Ne faites pas ça, par pitié !

Mais il n'y avait plus moyen d'arrêter Alice, à présent. Elle grandissait, grandissait… Elle dépassa le buisson, grandit encore, et encore… Elle baissa la tête vers la Reine Rouge et ses courtisans qui la contemplaient, bouche bée. Quel curieux spectacle que celui de cette géante nue comme un ver qui venait de surgir du feuillage ! Par chance, la haute futaie la dissimulait de la poitrine aux talons. Mais Alice ne se sentait pas très à l'aise malgré tout… À cet instant précis, elle regrettait amèrement de n'avoir rien à se mettre. Même un corset l'aurait satisfaite ! Si sa pauvre mère avait pu la voir, elle en serait morte d'indignation…

Devant les quelques membres de sa Cour affolés, la Reine Rouge fronça brusquement les sourcils, l'air furibond. Elle pointa un index accusateur en direction d'Alice, par-dessus le feuillage, et rugit :

— ET QU'EST-CE DONC QUE *CECI* ?!

— Ceci est une *celle-ci*, Votre Majesté ! s'empressa de rectifier le Lapin Blanc en bondissant de la futaie, derrière Alice. Je vous présente… hum…

— Hum ? répéta la Reine Rouge, perplexe.

— Oui, je viens d'Humbrie ! expliqua Alice en toute hâte.

La Reine la contemplait d'un air profondément soupçonneux.

— Et qu'est-il arrivé à vos vêtements… ? articula-t-elle avec scepticisme.

— Oh, j'ai grandi trop vite pour eux, répliqua la jeune fille.

L'honnêteté de sa réponse ne paraissant pas suffire à l'ombrageuse souveraine, Alice se lança dans une improvisation visant à flatter l'orgueil démesuré d'Horribeth…

— Vous savez, je dépasse tout le monde, maintenant, en Humbrie. Et ils se moquent tous de moi, là-bas ! J'espérais que *vous, au moins*, vous comprendriez ce que je ressens…

La Reine Rouge la scrutait toujours d'un regard inquisiteur. Au bout de ce qui sembla à chacun une éternité, elle brisa enfin le silence pesant :

— Ma chère enfant… Apprenez que quiconque possède une tête aussi disproportionnée que la vôtre est bienvenu à ma Cour !

— Ah ! Ah ! Ah ! Ah ! Ah ! Ah ! se tordirent d'un rire trop appuyé et faussement exagéré ses courtisans mielleux.

— QU'ON LUI FOURNISSE DES VÊTEMENTS ! hurla alors Horribeth. UTILISEZ LES TENTURES SI BESOIN, MAIS HABILLEZ-MOI VITE CETTE ÉNORME FILLE !

Des pages, des serviteurs affairés accoururent de toutes parts et filèrent dans tous les sens à la fois. La Reine adressa un coup d'œil complice à Alice avant de lui annoncer :

— Vous êtes ma nouvelle favorite.

Les rires des courtisans cessèrent net. Ils se mirent à ronchonner de jalousie, lançant des regards menaçants à leur rivale. Lady Longues-Oreilles, en particulier, ne la portait absolument pas dans son cœur…

Mais Alice n'eut pas le loisir de s'en préoccuper. Déjà, on l'entraînait au Château où on la para d'une telle quantité de velours grenat qu'on aurait pu envelopper le palais de Buckingham avec ! Ces rideaux épais retenus par une embrasse dorée lui conféraient peut-être une certaine décence, l'ensemble affichait une allure quand même excentrique. La jeune fille s'arrangea pour draper un pan de tissu sur son épaule, tandis qu'elle suivait rapidement la Reine Rouge dans un long corridor.

Elle nota avec effroi que les flamants et les hérissons n'étaient pas les seuls animaux martyrisés à la Cour de la Reine Rouge. Nombre d'entre eux, tenus en esclavage, vivaient ici un véritable calvaire, accomplissant des tâches intolérables. Ainsi, des oiseaux exténués s'évertuaient à battre des ailes des heures durant afin de se maintenir au plafond, les lanternes du Palais pendant à leur bec. Alice remarqua aussi que les consoles et les sièges du couloir n'avaient pas de pieds ; à la place, des singes les soulevaient à bout de bras, tremblant sous l'effort. Quant aux Valets-de-pied-Grenouilles, au garde-à-vous et en rang d'oignons, ils étaient littéralement paralysés de terreur au passage de la Reine.

Elles pénétrèrent alors dans la salle du trône fastueuse, meublée de la même manière ostensible que le vestibule… Horribeth traversa la pièce afin de gagner son imposant trône richement sculpté et au dossier en forme de cœur, sans daigner jeter un seul coup d'œil aux singes affolés qui lui servaient de pieds. Elle s'affala lourdement sur son siège royal – les singes se crispèrent sous son poids conséquent – et, ôtant soudain ses souliers, elle agita la main et ordonna :

— Un goret, tout de suite !

Un adorable cochonnet bondit à ces mots d'une alcôve et trottina s'allonger sur le dos devant le trône. La cruelle souveraine posa aussitôt ses pieds nus sur son ventre rebondi en soupirant d'aise.

— Ah ! Je ne connais rien de mieux qu'un bon petit cochon au ventre bien tiède pour soulager mes maux de pieds !

Puis, reportant brusquement son attention sur Alice :

— Asseyez-vous ! Allons !

La jeune fille avisa le siège le plus grand de la salle et s'y installa avec douceur, prenant soin de ne pas trop peser sur les malheureux singes dont les longues queues se déroulaient sous le fauteuil, et contraints à présent de soutenir son derrière de géante. Sur quoi, la Reine Rouge fit signe à ses trois courtisans de débarrasser le plancher.

— Fichez le camp, commanda-t-elle.

Ils obéirent et quittèrent la salle, non sans jeter des regards assassins à Alice.

— Où sont mes GrosGras ? continua la souveraine. Vous devez voir ça, Hum ! JE VEUX MES GROSGRAS !

Alice étouffa une exclamation d'horreur lorsqu'on fit entrer dans la pièce les jumeaux bavards Tweedledum et Tweedledee. Leurs faces de lune habituellement réjouies ne souriaient plus du tout, sous l'épaisse couche de poudre de riz qui les maquillait de façon grotesque. On

leur avait peint de gros cœurs rubis sur les joues et sur les lèvres, ce qui leur donnait une expression monstrueuse. Le pire, c'était cette ceinture en or qui les attachait ensemble par la taille comme de tristes frères siamois. Ils fixaient le sol en marbre, la tête basse, l'air complètement soumis et résigné.

— Ah, les voilà ! glousse la Reine Rouge en applaudissant. Ne sont-ils pas trognons ? Et ils parlent d'une manière tellement rigolote, vous allez voir, Hum… Parlez, vous deux ! Distrayez-nous !

Les jumeaux ne réagirent pas ; Horribeth flanqua alors un méchant coup de talon à Tweedledum et aboya :

— PARLEZ !

Sortant de sa léthargie, Tweedledum leva les yeux vers elle et aperçut soudain Alice, à son côté. Il poussa son frère du coude.

— Ne serait-ce pas… ?

Vite, Alice posa un doigt sur sa bouche et secoua la tête, leur recommandant silencieusement de se taire. Mais seul Tweedledee vit son geste…

— Non, ce ne l'est pas, rétorqua-t-il aussitôt, une lueur d'espoir au fond de l'œil. Pas du tout, du tout.

— Tout au contraire, s'étonna Tweedledum. Je pense que c'est exactement…

— Non et non ! l'interrompit Tweedledee. En aucune façon !

Et il écrasa le pied de son jumeau afin de lui clouer le bec. Mécontent, ce dernier le pinça. Bien sûr, Tweedledee le pinça en retour. La Reine Rouge explosa de rire.

— Je les adore, mes deux comiques ! Bon, ça suffit. PARTEZ, MAINTENANT !

Les Tweedle sortirent de la salle en roulant sur eux-mêmes, lançant du regard des appels au secours bouleversants à Alice. Ils croisèrent à la porte Ilosovich Stache, le Valet de Cœur. La Reine joignit les mains en frétillant de bonheur, minaudant et battant des cils avec coquetterie. Il réprima un frisson…

— Ah, mon cher Stache ! roucoula, charmeuse, la souveraine. Le prisonnier a-t-il coopéré ?

Alice écarquilla les yeux. Le prisonnier ? *Quel* prisonnier ?

— C'est une vraie tête de mule, grommela le Valet de Cœur, sa tache de naissance s'empourprant soudain de contrariété.

Cette fois, Alice tressaillit car elle venait de reconnaître la voix de celui qui la cherchait, chez le Lièvre de Mars… La Reine Rouge déplora :

— Vous êtes trop tendre, Ilosovich. QU'ON AILLE CHERCHER LE PRISONNIER !

Deux Gardes Rouges s'exécutèrent. Stache remarqua à cet instant la présence d'Alice. Il haussa un sourcil intéressé…

— Mais qui est donc cette charmante créature ? demanda-t-il en lui prenant la main, la dévisageant d'un œil brillant d'intensité.

La jeune fille afficha un sourire de circonstance, poli mais totalement inexpressif, comme sa mère le lui avait si souvent enseigné, quand elles se rendaient à ces épouvantables garden-parties où on les présentait à tant de gens barbants…

Son pouls s'emballa cependant ; c'était assez effrayant, d'être si près de l'homme qui la pourchassait, même s'il ignorait à quoi ressemblait sa proie… Il l'examinait de surcroît avec insistance, et elle détestait ça ! Horribeth répondit à Stache :

— Je vous présente Hum, ma nouvelle favorite.

— Et comment s'appelle-t-elle ? interrogea le Valet de Cœur, ayant pris le nom de l'ensorcelante inconnue pour une marque d'hésitation de la Reine.

— Hum, répéta simplement cette dernière.

— Oui ? Elle s'appelle… ?

— HUM ! s'énerva la Reine Rouge.

Stache se tourna alors vers Alice et susurra :

— La Reine semble avoir votre nom sur le bout de la langue…

— Elle s'appelle *Hum*, espèce d'idiot ! cracha Horribeth en le souffletant avec exaspération.

Stache fit un pas de côté afin de se placer hors d'atteinte, sans pour autant lâcher la main d'Alice. Il ne répliqua pas à la provocation de la Reine, mais la flamme assassine qui se consumait dans son regard courroucé ne manqua pas de surprendre Alice.

— Je viens d'Humbrie, dit-elle d'un ton apaisant.

— Ilosovich Stache, pour vous servir, articula-t-il, onctueux.

Il s'inclina, et lui fit le baisemain. Elle recula avec dégoût, le contact de ses lèvres lui faisant l'impression de limaces baveuses sur sa peau nue…

Les soldats revinrent là-dessus, escortant le prisonnier. Alice retint un cri lorsqu'ils poussèrent le Chapelier, chevilles et poignets enchaînés, jusqu'au trône. Il avait le visage tuméfié, les vêtements couverts de sang. Ses geôliers l'avaient passé à tabac, et il gardait les yeux fixes, dans le vague. La Reine Rouge le saisit par les cheveux. Elle le força à lever la tête vers elle, mais il ne semblait toujours pas la voir.

— Nous savons qu'Alice est revenue, rugit Horribeth. Où est-elle ?

Le Chapelier ne réagit pas. Folle de rage, la souveraine claqua des mains juste sous son nez et il sursauta. Ses yeux se posèrent enfin sur elle.

— Je suis navré, s'excusa-t-il. J'étais perdu dans mes pensées. Je réfléchissais à ces choses diverses qui commencent par un « M », vous savez : méchanceté, maladie mentale, malveillance, meurtre, mutinerie…

— C'est un mot en « A », qui nous importe ici, s'impatienta la Reine Rouge sans noter le sarcasme de son prisonnier. Où est Alice ?

Le Chapelier Fou fronça les sourcils comme s'il se concentrait. Un éclair inspiré illumina une seconde ses traits, puis il se ravisa. Ayant longuement considéré la question, il finit par hausser les épaules et déclarer :

— En fait, je ne saurais dire.

— Et si je vous tranchais la tête, vous le sauriez mieux ?! grinça Horribeth en éclatant d'un rire mauvais.

Le Chapelier rit immédiatement avec elle. Plus fort. Et de manière irrépressible. Quand la Reine se tut, le Chapelier s'esclaffait toujours…

— Arrêtez ça ! s'égosilla-t-elle à l'adresse du prisonnier, secoué de rires nerveux.

Elle le gifla, les rires du Chapelier redoublèrent, hystériques, cinglés. Mais voici qu'il aperçut Alice du coin de l'œil, et il se calma subitement. Surpris qu'elle mesurât dorénavant largement plus de quinze centimètres, il lui sourit d'un air malicieux. Puis, pivotant à nouveau vers Horribeth, il déclama, flagorneur :

— Quelle tête fabuleusement grosse vous avez là ! Je rêverais de *chapeauter* une tête pareille !

— La chapeauter ? renchérit la souveraine.

— Je m'occupe régulièrement de votre sœur, la Reine Blanche, continua le Chapelier comme si de rien n'était. Mais ce travail représente si peu d'intérêt pour moi. Sa tête est désespérément petite…

— Elle est riquiqui ! approuva la Reine Rouge d'un ton méprisant. Une véritable tête d'épingle !

— Alors que *vous*… ! reprit le Chapelier en mimant l'émerveillement. Quand je pense aux prodiges que je pourrais réaliser pour une tête comme la vôtre ! Un tel monument, que dis-je, un globe terrestre !

— Oui ?

La vaine souveraine se laissait captiver…

— Et que pourriez-vous réaliser, par exemple ?

Le Chapelier souleva alors ses poignets enchaînés, faisant mine de regretter : « *Hélas, pas grand-chose ainsi entravé !* »

— Stache ! Libérez-le ! ordonna la Reine

Rouge. Comment voulez-vous qu'il crée dans ces conditions ?!

Le Valet de Cœur roula des yeux effarés, mais il délivra quand même les poings de son prisonnier sans soulever la moindre protestation. Le Chapelier se mit à virevolter autour de la Reine, parlant tout seul, dessinant dans le vide d'élégantes courbes, savantes et inventives.

— Voyons cela ! Que dirions-nous d'une capeline, ici ? Ou plutôt un canotier ? Je verrais bien une charlotte de boudoir…

Sa voix grimpait dans les aigus, de plus en plus folle, ses gestes de plus en plus excités et désordonnés…

— Pourquoi ne pas envisager un chapeau-cloche ? Non, un bonnet d'âne ! Une mantille ! Une voilette ! Un béret ! Un sombrero ! Une…

Alice réalisa soudain qu'il s'enfonçait dans une nouvelle crise d'hystérie. Si elle ne le ramenait pas très vite à la réalité, il risquait de perdre l'attention, et donc la clémence passagère de la Reine à son égard. Faisant semblant d'éternuer dans sa main, elle articula :

— CHA-TCHOUM-PELIER !

— Ça va. Je vais bien, assura-t-il en recouvrant soudain ses esprits.

Horribeth, terriblement fière de sa personne, lissa sa soyeuse chevelure d'ébène. Puis, toisant Alice et Stache avec dédain :

— Vous pouvez disposer.

La jeune fille ne se fit pas prier ! Elle était trop contente de quitter cette maudite salle du trône, bien que l'idée de laisser le Chapelier en tête à tête avec la Reine Rouge ne la rassurât pas réellement. D'un autre côté, mieux valait éloigner le Valet de Cœur de son ami : il avait le nez beaucoup plus creux que la Reine, et il se méfiait de lui, elle le sentait… comme elle sentait qu'elle ne lui était malheureusement pas indifférente !

Il resta tout près d'elle lorsqu'ils refermèrent la porte derrière eux, dans le corridor. Elle tenta de s'écarter, mais il la retint fermement par le bras, celui que lui avait lacéré le Bandersnatch. Alice gémit de douleur ; Stache la plaqua contre le mur sans s'en soucier une seconde.

— Vous me plaisez, Hum, souffla-t-il. J'aime les grandes !

Il se hissait sur la pointe des pieds pour l'embrasser, quand Lady Longues-Oreilles traversa le couloir. Grimaçant de dégoût en les apercevant, elle pressa le pas.

— Ôtez vos sales pattes de là ! s'écria alors Alice en repoussant Ilosovich Stache de toutes ses forces.

Et elle s'enfuit dans le vestibule, courant sans se retourner, le regard ardent du Valet de Cœur rivé sur elle…

Par-delà le Désert et les montagnes, au plus profond de l'Arrière-Pays, Bayard le chien de chasse fonçait à travers Grampas Bluffs, direction le Palais de Mirana, la Reine Blanche.

Bayard pénétra en chancelant dans la cour du Palais. Mirana l'attendait ; elle l'accueillit avec une écuelle d'eau fraîche puis, s'agenouillant auprès de lui, elle lui caressa ses longues oreilles brunes.

— Quelles nouvelles apportes-tu, Bayard ? demanda-t-elle avec une infinie tendresse.

— Alice est de retour, répondit, hors d'haleine, le limier.

Un sourire radieux illumina le joli visage de la Reine.

— Et où est-elle ?

— À Ansécarlate, avoua le chien en grimaçant d'une mine coupable. Il faut me pardonner, je l'ai laissée se détourner de la voie de la destinée…

La Reine Blanche secoua la tête en souriant de plus belle.

— Allons donc, Bayard. C'est précisément là-bas qu'Alice dénichera l'Épée Vorpaline…

Nous avons trouvé notre champion, notre nouveau Chevalier ! Repose-toi, maintenant. Tu as agi pour le mieux.

Et le chien, exténué, s'écroula à ses pieds.

Pendant ce temps, Alice fouillait le parc du Château de la Reine Rouge, inspectant chaque buisson, chaque fourré. Caché sous une feuille morte, le hérisson qu'elle avait délivré du jeu de croquet nettoyait ses piquants, lorsqu'il la vit se pencher dans l'herbe pour ramasser enfin ce qu'elle cherchait si ardemment : le haut-de-forme cabossé du Chapelier Fou. Ravie, la jeune fille le débarrassa de la boue qui le maculait avant de le redresser un peu. Qu'elle réussisse tôt ou tard à libérer son ami, il récupérerait son précieux chapeau !

Ce soir-là, la Reine Rouge avait convoqué le Valet de Cœur dans ses appartements. Elle se tenait debout à la fenêtre, griffant de rage l'encadrement de bois.

— Vous *devez* retrouver Alice, Stache ! grinça-t-elle. Sans le Jabberwocky, plus rien n'empêcherait les partisans de ma sœur Mirana de se soulever contre moi…

Un accent d'amertume lui brisa la voix.

— Une jeune sœur si vilaine… Pourquoi la vénèrent-ils tous *elle*, et pas *moi* ?

— Je ne peux le comprendre, vous lui êtes tellement supérieure *en tout* ! répondit le Valet de Cœur en veillant bien à ne pas froisser l'extrême susceptibilité d'Horribeth.

— Je le sais, ça. Mais Mirana a le don de séduire n'importe quoi : les hommes, les femmes. Même le mobilier !

Elle jeta un coup d'œil méprisant aux animaux captifs qui lui servaient de lampes, tables et chaises. À force, elle ne les considérait même plus comme des êtres vivants, mais bien comme de simples objets. Découvrir qu'ils éprouvaient certains sentiments l'aurait sans doute amusée, sinon surprise…

— Et même le Roi, ajouta insidieusement Ilosovich Stache.

Le Roi… La Reine Rouge s'abîma un moment dans la contemplation des douves, sous la fenêtre. Les têtes coupées se balançaient mollement dans l'eau sale.

— Je n'ai pas eu le choix, murmura-t-elle. Je devais le faire. Il m'aurait quittée…

— Votre Majesté, reprit le Valet de Cœur d'un

ton réconfortant, n'est-il pas préférable d'être crainte qu'aimée ?

— Je n'en suis plus aussi certaine, rétorqua-t-elle.

Une lutte semblait s'opérer au fond d'elle-même. Finalement, elle s'exclama :

— Oh, et puis je la lui laisse, la populace ! Je n'ai pas besoin de ces minables ; je vous ai *vous*, Stache…

Elle renversa son énorme tête en arrière afin de l'embrasser d'un regard humide.

— N'est-ce pas, Stache ? insista-t-elle.

Le Valet de Cœur s'efforça de sourire, ce qui, une chance pour lui, contenta Horribeth…

Alice s'inclina pour entrer dans le boudoir de la Reine Rouge. Par la fenêtre, elle vit des étoiles bizarres scintiller dans le ciel velouté de la nuit. La petite pièce ne comptait qu'un occupant : le Chapelier Fou, cerné de rubans, de nœuds, de voiles et de plumes. Il fredonnait gaiement en travaillant. D'immenses chapeaux colorés trônaient déjà sur des mannequins, d'autres jonchaient le sol.

— Ils sont magnifiques ! s'extasia Alice, sincèrement émerveillée par la dextérité et le talent de son ami. Je vous en prie, laissez-moi en essayer un !

Aussitôt, le Chapelier saisit, sur une étagère, un splendide exemplaire bordé d'éclats de diamant, sur une étagère, et en coiffa la jeune fille. Les longues plumes bleues du chapeau, où nichaient de minuscules mésanges, dansèrent devant son visage, tandis qu'un voile descendait en cascade argentée sur ses reins. Alice tourbillonna sur elle-même en pouffant. Si seulement les coiffes que sa mère l'obligeait à porter pouvaient être aussi extravagantes que ça !

Elle affecta des airs de « grande dame », imaginant les manières de Lady Ascot. Puis elle attrapa un autre chapeau et le planta sur la tête du Chapelier qui singea immédiatement la pose guindée d'Alice, et tous deux s'esclaffèrent.

— C'est si bon, de reprendre les affaires ! soupira d'aise le Chapelier qui enleva son couvre-chef et l'épousseta avec tendresse.

Alice replaça soigneusement le sien sur l'étagère en notant :

— C'est juste dommage de fabriquer toutes ces belles choses pour *elle*.

Le Chapelier regarda alors autour de lui, brusquement conscient de ce qu'il faisait. Bourrelé de remords, s'accablant de récriminations, se livrant à sa propre vindicte, il s'effondra de tristesse.

— Mais qu'est-ce qui cloche chez moi ? geignit-il.

Soudain, une furie furieuse s'empara de lui. Il brandit une paire de ciseaux et se mit à déchiqueter le premier chapeau venu, le découpant méthodiquement en mille morceaux. Alice n'eut pas le temps d'intervenir qu'il s'attaquait à un deuxième chapeau, suivi d'un troisième. Un vrai désastre !

— Non, arrêtez !

Elle bondit sur lui, lui arracha les ciseaux et, prenant son visage entre ses mains afin de fixer son attention, elle vociféra :

— CHAPELIER !

Il s'immobilisa, une étincelle de terreur dans l'œil.

— Je deviens fou, n'est-ce pas ? murmura-t-il.

Comme son père autrefois, Alice lui tâta le front pour vérifier sa fièvre et répondit :

— J'en ai peur, hélas ! Oui, fou à lier. Complètement dingue. Fol-toqué ! Mais laissez-moi vous confier un secret : tous les gens bien le sont !

Ce simple souvenir d'enfance émut la jeune

fille aux larmes. Son père lui manquait tant ! Mais le Chapelier, lui, se redressa subitement, regonflé à bloc d'orgueil.

— Oh ! On avait oublié celui-ci ! ajouta Alice en plongeant la main derrière une boîte en carton.

Et elle ramassa le piteux haut-de-forme tant aimé de son ami. Elle le lui posa sur la tête, tapotant fièrement le rebord.

— Voilà qui est mieux, dit-elle encore. Je vous retrouve enfin !

Le Chapelier en eut la gorge nouée de bonheur. Il retira son précieux couvre-chef adoré et le serra contre sa poitrine avec une profonde gratitude. Mais la voix stridente de la Reine Rouge, dans la pièce contiguë, rompit brutalement le charme :

— Hé, le « chapeauteur » ! J'attends mes coiffes, et je vous avertis que je ne suis pas du genre très patient !

Une fois de plus, le Chapelier se ressaisit. Il pressa la main d'Alice et chuchota avec ferveur :

— On raconte qu'Horribeth cache l'Épée Vorpaline quelque part ici, dans son Château. Trouve-la, Alice, je t'en conjure, et rapporte-la au plus vite à la Reine Blanche. Aide-nous à remettre notre monde à l'endroit !

Une longue chaîne, attachée au mur, retenait la cheville du Chapelier. La jeune fille réfléchit que si l'épée ne lui servait pas à tuer le Jabberwocky, elle aurait quand même une sacrée utilité ici !

— Nous irons *ensemble* chez la Reine Blanche, promit-elle alors solennellement à son ami en lui prenant affectueusement l'autre main.

Ils demeurèrent ainsi deux bonnes minutes, les yeux dans les yeux, et Alice se surprit à déplorer tout bas sa taille absurde… Le Chapelier, qui partageait à l'évidence ses regrets, sourit d'un air désabusé avant de lancer :

— Oh, Alice, ma chère… Pourquoi faut-il que tu sois toujours ou trop petite, ou trop grande ?

Alice profita de ce que la Reine essayait ses chapeaux pour s'éclipser du boudoir en catimini. Elle tomba nez à nez avec les Tweedle, raides comme des piquets devant une porte.

— Les jumeaux ! s'écria-t-elle.

Son ton enjoué était assez effarant en soi, compte tenu de leur fâcheuse propension à lui taper sur les nerfs… Mais que les frères Tweedle fussent stupides ou cinglés, leur présence familière la réconfortait en ces instants dramatiques.

« Dommage que je n'apprenne à les apprécier que dans ces circonstances douloureusement "*prisonniéresques*" ! » songea cependant Alice.

Ils lui serrèrent chacun une main avec vigueur en braillant à l'unisson :

— Alice !

— Enchanté-de-vous-revoir ! scanda ensuite Tweedledum.

— Je cherche…, commença la jeune fille.

Mais Tweedledee lui coupa la parole :

— Comment se fait-il que vous soyez si immensément grande ?

— Elle n'est pas immensément grande, protesta son jumeau. Elle est comme elle doit être en temps normal.

— Je cherche…, tenta à nouveau Alice.

— Non, non, non ! Elle était plus petite à son arrivée, persista Tweedledee.

— Elle avait bu la potion de rikiki pour passer la minuscule porte, tu ne te rappelles pas ? jeta Tweedledum.

Alice leva les yeux au ciel. Tout ceci ne la mènerait assurément nulle part !

Elle leur plaqua chacun une main sur la bouche pour les faire taire. Ils la regardèrent d'une mine sidérée.

— Je cherche le Lapin Blanc ! lâcha-t-elle, soulagée d'achever enfin sa phrase. Savez-vous où il est ?

— Par là ! répondirent-ils en chœur… pointant le doigt dans des directions opposées.

La jeune fille soupira. Ces deux-là n'étaient sans doute pas les guides les plus fiables du pays, mais quand ils s'élancèrent dans le couloir pour la conduire au Lapin Blanc, elle ne sut quoi faire d'autre que les suivre…

D'ailleurs – il fallait le reconnaître –, après avoir pas mal tourné en rond, grimpé des tas de marches et opéré de nombreux détours, ils parvinrent finalement à destination et trouvèrent le Lapin Blanc plongé en plein conciliabule avec Mally déguisée en femme de chambre.

— Que manigancez-vous là ? lui demanda Alice, étonnée de rencontrer le Loir au Château d'Horribeth, et qui plus est dans une telle tenue !

— Je prépare l'évasion du Chapelier, répondit le Loir en bombant le torse.

— *Je* prépare l'évasion du Chapelier ! s'empressa de corriger la jeune fille. Mais toute aide sera la bienvenue… Il m'a dit que l'Épée Vorpaline était cachée quelque part ici, dans la forteresse. Cela signifie que quelqu'un sait forcément où elle est ! Un Valet-de-pied-Grenouille, un Loir-femme-de-chambre, un goret-tabouret… Il faut interroger tout le monde ! Allez !

Les Tweedle partirent comme des flèches. Mally, indignée, refusa d'obéir, resta plantée sur place, les poings sur les hanches.

— Je n'ai pas d'ordre à recevoir d'une espèce de grande bringue lourdaude et…

— ALLEZ, OUSTE ! l'effaroucha Alice en se penchant vers le Loir de toute sa gigantesque hauteur.

Et dans un crissement de dents d'humiliation, le petit animal s'éloigna d'un air hautain. Alice remarqua à cet instant que le Lapin Blanc non plus n'avait pas bougé…

— Eh bien, MacCarotte, que se passe-t-il ?

Il leva sur elle un regard d'une extrême gravité et annonça tout à trac :

— Je sais où est l'épée.

Alice, atterrée, n'en revenait pas.

— Pourquoi ne pas l'avoir dit plus tôt ?! se récria-t-elle.

Cela aurait drôlement simplifié le problème. Et elle n'aurait pas envoyé les autres enquêter sur une fausse piste ! Le Lapin Blanc remua des moustaches.

— Vous m'auriez *encore* frappé, rétorqua-t-il d'un ton ulcéré.

— Mais jamais de la vie !

La jeune fille n'en pouvait plus : à croire que toutes les créatures, dans ce pays bizarre, s'ingéniaient à la contrarier ! Le Lapin Blanc, froissé de l'entendre si injustement agacée, releva le menton avec dédain et se mit en route sans un mot, Alice sur les talons. Ils traversèrent des couloirs courbes, dévalèrent des escaliers de pierre froide aux murs ornés de tapisseries étoilées de moisi. Enfin, le Lapin Blanc poussa une porte de bois qui s'ouvrit en grinçant sur la vaste cour pavée des écuries. Il désigna l'une des stalles d'une patte tremblante…

— L'épée est là-dedans, marmonna-t-il.

Alice se pencha pour pousser la porte. Un relent épouvantable s'évada aussitôt de l'écurie. Comme le Lapin Blanc, elle se couvrit le nez en combattant une terrible envie de vomir.

— Je connais cette odeur…, souffla-t-elle d'un air menaçant.

Et en effet, lorsqu'elle rassembla suffisamment de courage pour regarder dans la stalle, elle y découvrit le Bandersnatch, couché là, son énorme tête de molosse posée sur ses antérieurs. Le monstre poussait de petites plaintes, ses griffes plantées devant lui dans sa paillasse maculée de sang. Dans la pénombre, Alice distingua sans peine le globe oculaire vide qui suintait…

Vite, elle referma la porte, catastrophée, son cœur battait la chamade. Elle se retourna brusquement vers le Lapin Blanc, qui esquiva une nouvelle claque imaginaire. Alice hurla :

— Il n'est pas question que j'entre là ! Voyez ce que cette chose m'a déjà fait !

Elle tendit son bras lacéré sous le museau du Lapin. Les plaies s'étaient considérablement envenimées ; enflées, violacées… Le Lapin Blanc se pressa les joues avec horreur.

— Oh là là ! Oh là là ! Vous auriez dû me parler de cela avant !

— C'est que ce n'était pas aussi infecté tout à l'heure, fit remarquer la jeune fille en examinant ses blessures au clair de lune.

Le Lapin, totalement paniqué, haletait. Il s'éventa rapidement du bout des pattes afin d'éviter un malaise, mais finit par s'évanouir malgré tout.

« Merci pour ce précieux soutien ! » pensa Alice, sarcastique, avant de reporter son attention sur la forteresse.

Elle avait un plan. Elle regagna l'intérieur du Château et parcourut les couloirs à la recherche du Loir. Elle le trouva bientôt à l'étage, en train de contempler une épée accrochée au mur.

Même Alice vit tout de suite qu'il ne pouvait s'agir de l'Épée Vorpaline ; à coup sûr, ce fragile objet de décoration serait tombé en miettes rien qu'à tenter de trancher une miche de pain, paria la jeune fille.

— Mally ! apostropha-t-elle le Loir en le rejoignant en courant. Avez-vous conservé l'œil que vous aviez arraché au Bandersnatch ?

— Oui, il est là…

Le Loir souleva sa jupe de femme de chambre et révéla qu'il portait son pantalon en dessous. À sa ceinture bringuebalait l'œil du monstre, son trophée de guerre… Alice tendit aussitôt la main pour l'attraper.

— Il me le faut ! dit-elle alors que Mally la repoussait en hâte.

— Vous n'avez qu'à vous trouver le vôtre !

— Mais j'en ai vraiment besoin, répéta la jeune fille avec fermeté.

— Eh bien, venez un peu me le prendre ! la défia le Loir en dégainant, menaçant, son épingle à chapeau.

Alice haussa les sourcils, décontenancée. Elle paraissait si grande, si grande devant le tout petit Loir armé de sa minuscule épingle… Le ridicule de la situation ne tarda pas à la faire éclater de rire. Mally réalisa alors quel duel désespéré elle s'apprêtait à mener ; ses épaules s'affaissèrent…

— Oh, parfait, murmura-t-elle.

Et jetant soudain son épingle à la tête d'Alice, le rongeur arracha l'épée factice du mur ; encombré de la lame volumineuse, il poussa un cri de guerre féroce et fonça à l'attaque de la jeune fille.

Alice esquiva, essaya de piquer le Loir d'un coup d'épingle. Mais celui-ci pivota avec agilité sur ses talons, la fusillant d'un regard noir. Les Tweedle sortirent à cet instant d'une petite pièce qui donnait sur le corridor. Comme au spectacle, et sans se poser de questions, ils encouragèrent aussitôt les combattants :

— Portez l'estoc ! conseilla vivement Tweedledum.

— Non, parez et touchez ! contredit Tweedledee.

— L'estoc, comme ceci ! insista son frère en le poussant subitement.

Tweedledee le poussa en retour, et ils commencèrent à se battre de leur côté, imitant Alice et Mally, faisant ainsi de piètres soutiens pour leur favorite réciproque…

À force de reculer sous les assauts du Loir, Alice s'engouffra sans s'en apercevoir dans le boudoir de la Reine Rouge, les jumeaux à sa suite. Le Chapelier écarquilla les yeux de surprise en les voyant tous débouler. Par chance, Horribeth était trop concentrée sur elle-même pour les apercevoir. La Reine essayait en effet ses chapeaux, admirant avec satisfaction son reflet dans les miroirs déformants qui lui rapetissaient le crâne...

Mally et Alice se retrouvèrent peu après dans une chambre à coucher déserte. Le Loir bondit sur un bureau et visa la jeune fille à la tête. Alice s'inclina afin d'éviter l'épée ; elle sentit le souffle de la lame lui effleurer l'oreille. Elle saisit alors l'occasion de se précipiter sur Mally et de couper la cordelette qui lui servait de ceinture. L'œil du Bandernastch lui tomba directement dans la main.

— Je l'ai ! triompha-t-elle avant de se sauver dans le couloir en courant comme une dératée.

Elle l'ignorait évidemment mais le Loir ne tenta même pas de s'élancer après elle. Il secoua la tête en descendant tranquillement du bureau. Puis il retraversa en toute discrétion le boudoir de la Reine Rouge, adressant juste au

Chapelier une moue navrée, signifiant qu'Alice était bel et bien un cas désespéré…

La jeune fille dévalait les escaliers du Château, priant pour se rappeler le chemin des écuries. Enfin, elle reconnut la petite porte de bois vermoulu et aboutit dans la cour pavée. Le Lapin Blanc était toujours étendu là, inerte, face contre terre. Alice passa devant lui sans s'arrêter, prit une longue inspiration, et entra d'un pas résolu dans la stalle nauséabonde.

Le Bandersnatch se mit à grogner avec férocité à son encontre. Même diminué par sa blessure, il demeurait terrifiant, ses crocs acérés grinçant comme s'il enjoignait la jeune fille d'approcher, afin qu'il la déchiquette et la dévore…

— J'ai votre œil, dit Alice en l'agitant devant elle.

Le monstre changea immédiatement d'attitude. Il geignit, tendant le museau d'un air piteux, sa queue balayant le sol. Alice souleva alors la barre qui fermait la porte du box. Elle s'insinua à l'intérieur, tendant l'œil en avant. Le molosse gémit à nouveau, rampant vers elle dans la paille. Alice déposa lentement l'œil par terre, tout près du Bandersnatch qui le renifla avec frénésie. D'un coup de patte, il le fit rouler jusqu'à lui afin de l'étudier plus en détail. Alice en profita pour filer tout au fond de la stalle, où elle avait déjà repéré un objet rectangulaire recouvert d'une bâche épaisse. Elle arracha celle-ci en vitesse, découvrant une espèce de coffret en métal ciselé ; exactement de quoi abriter une lame aussi fantastique que celle de la divine Épée Vorpaline… et verrouillé, pour comble de malheur, d'une solide serrure. Exactement de quoi décourager toute velléité de subtiliser le formidable trésor…

Alice s'effondra dans la paille, anéantie. Jusqu'ici, l'adrénaline l'avait maintenue au mieux de ses capacités. Mais soudain, la douleur dans son bras pulsait, fulgurante, insupportable. La jeune fille se sentait fiévreuse, souffrait de vertiges. Elle eut à peine la force de relever sa manche pour examiner les entailles surinfectées, chaudes et enflées. Elle voulut les palper, ôta vite sa main, étouffant un cri de douleur…

Bon, d'accord, le Bandersnatch s'occupait de son œil. Cela ne durerait cependant pas toute la nuit ! Frissonnante de fièvre, la sueur perlant à son front, Alice s'escrima sur la serrure. Elle tira, poussa dessus en vain, puis, complètement abattue, y flanqua un dernier coup inutile. Sa vision devint floue ; elle cligna des paupières, secoua la tête…

Et perdit connaissance.

Chapitre treize

Le soleil crépusculaire plongeait derrière les collines, embrasant le sable écarlate du Désert qui s'étendait au pied du Château. Deux des courtisans de la Reine Rouge, mal à l'aise, se rendaient en silence au boudoir de Sa Majesté…

Horribeth se contemplait dans son miroir, affublée d'un énorme chapeau couleur rubis lourdement orné de cerises et de ce qui ressemblait à des côtes de rhubarbe. Près d'elle,

le Chapelier la regardait avec froideur, la tête penchée de façon critique. En pénétrant dans la pièce, les courtisans firent mine de s'extasier, se pavanant devant la Reine, s'empressant avec une hypocrisie palpable.

— Votre Altesse est proprement éblouissante ! s'écria l'homme ventripotent.

Le Chapelier changea alors la coiffure d'Horribeth, la remplaçant par un chapeau en forme de grosse guimauve blanche, avec un rebord si large qu'il masquait à demi le visage de la Reine Rouge. Le Chapelier sourit, satisfait.

— Jamais Votre Majesté n'a semblé plus splendide ! roucoula la femme au nez volumineux.

Elle s'inclina profondément devant elle, et perdit soudain son nez ! Il rebondit sur l'épaule d'Horribeth, qui ne s'aperçut de rien. Le Chapelier, en revanche, ramassa avec curiosité l'étrange postiche...

— Vous avez perdu un truc, susurra-t-il, insidieux, à la courtisane.

Cette dernière roula des yeux comme des soucoupes en réalisant de quoi il parlait. Elle se tâta le nez, ne trouva au milieu de sa figure qu'un appendice de taille normale. Affolée, elle se dépêcha d'arracher son faux nez des mains du Chapelier et se retourna afin de le renfiler au plus vite. Mais l'incident venait d'aiguiser les soupçons du Chapelier. Il regarda l'obèse de plus près, et nota brusquement les bretelles, sur son pantalon, qui maintenaient son ventre factice en place. La femme fit volte-face à cet instant précis, son nez disproportionné la défigurant à nouveau, et le Chapelier éclata de rire. Pas un rire de fou, cette fois. Un vrai rire moqueur ; ils étaient tous deux tellement ridicules ! L'homme et la femme lui jetèrent un coup d'œil angoissé. La Reine Rouge, qui n'avait rien vu de la scène sous son chapeau, cracha avec dédain :

— Ne prêtez pas attention à lui. C'est un cinglé.

Lady Longues-Oreilles arriva sur ces entrefaites, fort agitée. Elle se rua auprès d'Horribeth et lui chuchota quelque chose. La souveraine l'écouta en rougissant de colère et finit par s'égosiller :

— STACHE ! ICI TOUT DE SUITE !

Et chacun, dans le boudoir, se félicita en secret de ne pas être le Valet de Cœur…

Entre-temps, dans les écuries, Alice revenait peu à peu à elle… juste sous la gueule menaçante du Bandersnatch ! Le monstre était parvenu à renfoncer son œil arraché dans son orbite, où il restait dorénavant fixé sans vie vers le haut. Il s'en contentait pourtant avec bonheur, au point même de ne pas avoir massacré cette proie potentielle pendant qu'elle gisait, inconsciente et à sa merci, dans la stalle…

Alice remarqua alors qu'il portait une grosse clef autour du cou, pendue à une chaîne. La clef du coffret en métal ciselé, à coup sûr ! Sans quitter le monstre des yeux, elle tendit lentement la main vers elle… et se figea lorsqu'il approcha pour renifler les entailles qui suintaient sur son bras. Son épaule l'élançait, dans cette position. Mais elle refusa de se laisser intimider si près du but. Elle s'obstina et s'empara finalement de la clef.

Elle voulut se tourner vers la serrure du mystérieux coffret ciselé, mais voici que le Bandersnatch tira sa longue langue épaisse et commença de lui lécher ses blessures ! À la vive stupéfaction d'Alice, le contact râpeux n'avait rien de répugnant. Il apaisait au contraire la douleur cuisante… La jeune fille soupira de soulagement tandis que le molosse lui nettoyait ses plaies. Quand il s'arrêta, l'infection avait miraculeusement disparu. Alice bougea le bras dans tous les sens : elle ne souffrait plus du tout !

Le Bandersnatch la regarda en minaudant comme un mignon petit chiot… à l'œil mort et oblique.

— Je suppose que vous considérez que nous sommes quittes, à présent, jeta Alice.

Elle devait bien l'avouer : elle se sentait dans de bien meilleures dispositions envers l'atroce créature ! Comme elle l'avait subodoré, la clef s'adaptait parfaitement à la serrure du coffret. Alice la déverrouilla donc, puis elle souleva le couvercle et découvrit, émerveillée, un glaive étincelant. Elle sut instantanément qu'il ne pouvait s'agir que de l'Épée Vorpaline, magique, scintillante, toute d'argent rutilant, la garde richement sculptée et la lame gravée de runes mythiques…

Le Bandersnatch s'écarta alors respectueusement de son chemin, afin qu'elle puisse quitter l'écurie. Alice s'étonna elle-même lorsqu'elle lui tapota le museau avec affection en passant ! Elle sortit ainsi dans la cour pavée, le glaive à la main. La pauvre n'imaginait pas une seconde quel drame implacable se tissait à cet instant dans son dos, ni quel nouveau péril la guettait maintenant à l'intérieur du Château…

— Hum m'a obligé à l'embrasser ! mentit effrontément Ilosovich Stache, la diction hâtive.

Et il s'agenouilla aux pieds de la Reine Rouge, au beau milieu du grand hall. Les courtisans fous de curiosité et les Valets-de-pied-Grenouilles assistaient au spectacle, ravis que l'impitoyable Valet de Cœur tout-puissant se retrouvât pour une fois en mauvaise posture…

— Je lui ai expliqué que mon cœur vous appartenait *irrémédiablement*, continua-t-il d'un ton enjôleur en prenant la main d'Horribeth. Mais elle fait une fixation sur moi, elle me harcèle !

Violette de rage, la Reine clama alors :

— QU'ON LUI COUPE LA TÊTE, À CETTE IMPUDENTE !

Dans le boudoir de la Reine Rouge, Mally essayait de forcer la serrure des fers qui enserraient les chevilles du Chapelier Fou. Mais son épingle à chapeau se tordit dans le verrou, et le Loir pesta d'agacement.

— Reculez ! tonna alors une voix, dans le corridor.

Le Loir et le Chapelier levèrent les yeux ensemble et reconnurent Alice, debout dans l'encadrement de la porte, brandissant victorieusement l'Épée Vorpaline au-dessus de sa tête.

— Alors, Chapelier ? s'enorgueillit-elle. Que dites-vous de mon *quantum-même*, à présent ?

Elle s'apprêtait à abattre la lame d'argent sur

la chaîne du prisonnier, quand ce dernier la retint d'un vibrant :

— Non, stop !

Et vite, il fit glisser sa chaîne du côté opposé. Alice, abasourdie, chancela légèrement sur ses jambes, entraînée par le poids du glaive. Elle dévisagea le Chapelier d'une mine interdite. Il s'empressa d'ajouter :

— L'Épée Vorpaline ne doit être utilisée que pour…

— Qu'on arrête cette fille pour manœuvre illégale de séduction ! l'interrompit brutalement le Valet de Cœur en arrivant à la porte du boudoir.

Des Gardes Rouges l'accompagnaient. Ils se précipitèrent sur Alice.

— Chapelier ! s'exclama Mally en lui jetant l'épée décorative qu'elle avait décrochée plus tôt du mur, dans le couloir.

Sautant en travers de la route de Stache, le Chapelier l'affronta comme un beau diable, formidable de prestance, de bravoure et d'efficacité malgré ses fers… et la fragilité de son épée. Le Loir, son épingle au poing, se chargeait des soldats. Alice souleva la Vorpaline Épée et se mit en garde, prête à en découdre elle aussi, sauf que…

— Non ! répéta le Chapelier en repoussant vivement la jeune fille. Apporte-la à la Reine Blanche !

— Je ne partirai pas sans vous, objecta Alice.

— Alice ! s'exclama le Loir. Allez-vous-en !

Ilosovich Stache s'immobilisa ; le Loir se mordit la langue, prenant subitement conscience de la gaffe irréparable qu'il venait de commettre… Le Valet de Cœur fixait Alice, les pièces du puzzle s'imbriquant enfin les unes dans les autres…

— Alice…, articula-t-il, menaçant.

— OUST ! hurlèrent de concert Mally et le Chapelier.

Et Alice se rua dans le corridor sans plus réfléchir, les Gardes Rouges déjà à ses trousses et Stache rugissant derrière eux :

— EMPAREZ-VOUS D'ELLE !

Chapitre quatorze

Alice déboula dans la cour pavée des écuries, Stache et le Gardes Rouges sur les talons. Elle traversa l'enceinte en courant, mais elle n'eut pas le loisir d'atteindre la grille principale qu'un autre groupe de Gardes lui barrait la route.

Elle pila net, cernée maintenant par les soldats de la Reine. Brandissant l'Épée Vorpaline, elle se mit à fendre l'air tout autour d'elle afin de les tenir à distance. Ses cheveux en désordre lui retombaient dans la figure tandis qu'elle tournoyait sur elle-même, lourdement armée, trébuchant dans les pans du rideau de velours qui lui servait de robe.

Le ricanement sadique du Valet de Cœur la glaça d'effroi. Elle se retourna vers lui, le menaçant comme elle le pouvait de son arme.

— Alice..., crissa-t-il. Mais bien sûr ! Comment ne m'en suis-je pas aperçu dès le début ? Cela fait un sacré bout de temps, n'est-ce pas ?

Il la toisa, plus grande que lui, et ajouta :

— Dire que tu n'étais qu'une môme, à l'époque...

Puis il tendit la main vers l'Épée Vorpaline en commandant avec froideur :

— Donne-la-moi.

— Arrière ! aboya la jeune fille qui agitait sa lame avec toute la férocité dont elle était capable.

Son attention rivée sur Ilosovich Stache, elle ne réalisa pas que des Gardes Rouges approchaient dangereusement derrière elle... Deux l'attrapèrent par les bras. Elle se débattit aussitôt, assenant des coups de talon, se démenant comme une tigresse sans jamais lâcher la poignée de son glaive.

— La Reine va être enchantée, susurra le Valet de Cœur à sa prisonnière. Elle se fera un immense plaisir de te soulager de ta tête. Je présume même qu'elle se chargera en personne de ton exécution…

Un soldat tordit alors méchamment le bras d'Alice afin de la désarmer et de s'emparer de l'Épée Vorpaline lorsque…

— ROAARR !

Un rugissement terrible s'échappa d'une stalle des écuries, d'où surgit le Bandersnatch rageur et assoiffé de sang. Le voyant foncer droit dans sa direction, Alice se jeta au sol. Mais le monstre bondit au-dessus d'elle, se ruant griffes et crocs dehors sur les deux Gardes Rouges qui s'étaient saisis de la jeune fille. Hurlant de frayeur, ils détalèrent sans demander leur reste.

Le Bandersnatch baissa le museau avec gentillesse vers Alice, qui ne comprit pas immédiatement qu'il ne nourrissait que de bonnes intentions à son égard. Quand elle prit enfin confiance, elle se redressa en vitesse et se hissa sur le dos musculeux du molosse. Il avait le pelage aussi chaud que Bayard mais moins doux, comme si de minuscules épines parsemaient sa fourrure. Sous le regard atterré du Valet de

Cœur et des Gardes Rouges, elle se cramponna d'une main au collier du Bandersnatch, leva triomphalement l'Épée Vorpaline de l'autre et scanda :

— *Eguor enieR al saba !*

… avant de traverser le pont-levis du Château au triple galop, les soldats se trouvant sur leur chemin abandonnant leur poste, s'écartant en poussant des cris de terreur.

Alice s'agrippait à présent de toutes ses forces au collier e la bête qui courait, courait vers le Désert Rouge ; la liberté ! Soudain, elle aperçut une silhouette familière, qui les attendait au sommet d'une dune…

— Oh, Alice ! l'interpella gaiement le chien aux oreilles pendantes et aux paupières tristes.

— Tous à Marbreroi, Bayard ! répondit-elle du même ton au fidèle limier.

Le Palais de Mirana, la Reine Blanche, était l'exact opposé du Château Rouge, forteresse lugubre et oppressante de sa sœur, la vile Horribeth de Crims. Le soleil s'insinuait dans la bâtisse spacieuse et aérée par les fenêtres ouvertes, une brise légère charriant dans les salons le joyeux gazouillis des oiseaux de la forêt.

Alice pénétra dans la lumineuse salle du trône avec un profond sentiment de soulagement. Tout chez Mirana, si douce, jolie, sereine, sensible et majestueuse, lui laissait entrevoir une issue heureuse à ce cauchemar épouvantable qu'elle avait commencé à croire sans fin…

— Sois la bienvenue à Marbreroi, Alice, l'accueillit la Reine Blanche.

Elle sourit devant l'Épée Vorpaline ; Alice s'inclina avec respect en la lui tendant. Mirana la remercia d'un signe de tête, prit la précieuse arme et se dirigea d'un pas élégant vers une armure scintillante, érigée comme un mannequin près du trône. L'armure du Chevalier Blanc… La souveraine plaça soigneusement le glaive ciselé dans le gantelet vide, puis elle se retourna vers Alice, une expression de pur bonheur se dessinant sur ses traits.

— La Vorpaline Épée est de retour parmi le siens, énonça la Reine Blanche dans un souffle. L'armure est désormais complète. Il ne nous manque plus qu'un champion pour la revêtir…

Elle couva Alice d'un regard pénétrant, significatif. Cette dernière fixa ses pieds sans répondre, faisant mine de ne pas comprendre. Mirana continua :

— Je ne t'imaginais pas si grande…

— Oh, ça, c'est parce que j'ai un peu abusé de MANGE-MOI, s'empressa d'expliquer Alice, ravie de pouvoir aborder un autre sujet.

— Viens.

La Reine l'invita à la suivre, ses voiles argentés flottant gracieusement derrière elle. Elles se rendirent alors aux cuisines, où les arômes des mets les plus délicats se mêlaient au brouhaha de vaisselle et aux chants de ceux qui travaillaient là dans la bonne humeur la plus totale. Un moulin à poivre vola à travers la pièce lorsqu'elles entrèrent et vint s'écraser contre le mur, juste derrière elles. Alice contempla le désastre en devinant :

— Le Lièvre de Mars serait-il dans les parages, par hasard ?

— Vous êtes en retard pour la soupe ! s'égosilla celui-ci du fond de la cuisine, en guise de bonjour.

Et, s'emparant d'une marmite, il la lui envoya comme le moulin à poivre. Alice évita de peu le projectile qui explosa à son tour contre le mur, le maculant de soupe. La jeune fille en ramassa une lichette du bout du doigt et goûta.

— Si vous voulez mon avis, cela manque un chouïa de sel, critiqua-t-elle gentiment.

Aussitôt, une salière lui arriva par les airs. Elle la rattrapa au vol et assaisonna le pan de mur. Puis elle goûta à nouveau et fit signe au Lièvre de Mars que c'était absolument divin. Il plaqua ses oreilles en arrière, rassuré.

La Reine conduisit Alice à un impressionnant fourneau en fonte, où reposait une grosse marmite dans laquelle bouillonnait un liquide à l'odeur bizarre.

— Alors voyons, voyons…, murmura Mirana à part elle. Pour une potion de rikiki…

Elle sélectionna quelques ingrédients, dans un placard, et commença de les verser dans la marmite en les énumérant :

— Deux tasses de jus de raisin ; une pincée de graisse d'asticot…

Alice fronça le nez, grimaçant de dégoût. Il lui eût semblé préférable d'ignorer la composition du mélange ! Tant de trucs étranges et peu ragoûtants s'alignaient sur les étagères du placard, à côté des épices et des herbes aromatiques… Comme ces bocaux pleins d'yeux de je-ne-sais-quoi, ou ces flacons renfermant des morceaux d'insectes divers et variés ! La Reine Blanche lui jeta un regard en coin amusé.

— Ma mère m'a appris à concocter toutes sortes de remèdes médicinaux et de potions de transformation, dit-elle avec un sourire qu'elle voulut réconfortant.

Puis elle replongea pensivement la main dans le placard.

— Une cuillerée à café de vanille ; de l'urine de taon géant ; un doigt de beurre... Ma sœur se consacrait plutôt à l'art de la Domination Sous Toutes Ses Formes ! À propos, Alice, que penses-tu d'elle ?

— Elle est parfaitement odieuse, monstrueuse ! répliqua franchement la jeune fille.

— Mais elle n'a pas toujours été comme ça, affirma Mirana avant de réfléchir une seconde et de corriger : Oh, et peut-être que si, après tout. Et son crâne ?

— Un bulbe boursouflé, une vraie montgolfière.

— Elle doit avoir une espèce de tumeur là-dedans, quelque chose qui doit faire pression sur son cerveau...

La Reine Blanche soupira avec tristesse avant de reprendre :

— Trois sous de la poche d'un mort ; une cuillerée à soupe d'espoirs insensés...

— Vous n'avez pas idée de ce qui se passe dehors ! s'exclama soudain Alice, incapable d'accepter que la souveraine puisse vaquer à ses recettes de sorcière tout en bavardant tranquillement, alors même que ses sujets souffraient le martyre, pliés sous le joug de la Reine Rouge !

— Oh si, j'en ai bien conscience, assura Mirana. Mais dès que notre champion, notre nouveau Chevalier Blanc se présentera pour terrasser le Jabberwocky, ce jour-là le peuple se rebellera !

Sur ce, elle huma son infâme décoction, cracha dedans et déclara :

— C'est prêt !

Elle pêcha une cuiller dans un tiroir, la trempa dans la marmite et l'offrit finalement à Alice.

— Souffle, lui recommanda-t-elle. Tu pourrais te brûler.

La jeune fille obéit docilement, veillant cette fois à ne siroter la potion qu'à petites gorgées. Elle avait déjà donné, dans les dépassements de doses ! Elle récupéra bientôt sa taille normale – du moins ce qu'elle considéra comme telle en regard de la taille de la Reine Blanche.

« Mais je me demande quand même combien je mesurerai en rentrant chez moi, dans le monde réel… si j'y retourne jamais », songea-t-elle.

— Tu te sens mieux ? l'interrogea Mirana.

— Beaucoup mieux, répondit Alice.

La Reine reposa la cuiller dans la marmite. Elle se frotta les mains, brusquement très sérieuse.

— Bien. Il y a quelqu'un ici qui souhaiterait te parler.

Le Valet de Cœur prit une longue inspiration avant d'entrer dans la salle du trône de la Reine Rouge. Il savait pertinemment que les minutes à venir ne s'annonçaient pas des plus plaisantes pour lui…

Horribeth faisait les cent pas devant son trône. Elle avait le visage pourpre de contrariété, les poings serrés de colère. Elle pivota sur elle-même lorsque Stache avança et se prosterna.

— Alice s'est enfuie, Votre Majesté, lança-t-il d'une traite.

La souveraine, furieuse, lui retourna une gifle. Il ajouta :

— Elle s'est enfuie avec le Bandersnatch.

Deuxième claque. Ilosovich Stache se prépara au pire en concluant :

— Et en emportant l'Épée Vorpaline.

Là, la Reine le gifla avec une violence qu'elle ne s'était encore jamais permise auparavant. Le Valet de Cœur grinça des dents ; toutes ces humiliations à répétition qu'il lui fallait endurer ! Si seulement il existait un moyen d'être couronné Roi sans s'encombrer d'une Reine…

— Comment avez-vous pu laisser faire une chose pareille ? beugla Horribeth.

— J'ai sous-estimé ses capacités, confessa Stache à contrecœur. Mais nous avons ici ses complices, de vils conspirateurs… Le Loir et le Chapelier !

— QU'ON LEUR COUPE LA TÊTE ! hurla-t-elle de fureur, la salle entière vibrant de toute la haine qui lui rongeait l'âme.

Chapitre quinze

Dans les profondeurs glacées des cachots de la forteresse, le Chapelier, affalé sur le sol humide de sa cellule, fixait le vide sans bouger. Au-dessus de lui, Mally, captive d'une cage à oiseau, se balançait au plafond. Cramponnée aux solides barreaux d'acier, elle observait le Chapelier, totalement hors d'atteinte à l'heure actuelle, tant sur le plan physique qu'émotionnel.

Le Loir reporta son attention sur une cellule voisine où Bielle, une chienne de chasse, allait et venait parmi ses petits tout tremblotants, tentant désespérément de les réchauffer. Mally avait la certitude qu'il s'agissait là de la famille de Bayard, mais Bielle était bien trop préoccupée par sa progéniture pour consacrer ne serait-ce qu'une minute de son précieux temps à converser avec le Loir, et confirmer ainsi ses soupçons.

Tout à coup, des bruits de pas pesants, dans les escaliers des cachots, annoncèrent l'arrivée de Stache et de ses hommes. Bielle fit volte-face vers eux ; ils ne lui accordèrent pas un regard, ni à elle ni aux fragiles chiots frigorifiés.

— Chapelier ! beugla le Valet de Cœur en tambourinant aux barreaux de la geôle.

Le Chapelier ne réagit pas. Il ne cilla même pas, continuant à scruter le vide d'un air absent. Un Garde Rouge passa le bras dans la cellule et bouscula le prisonnier amorphe du bout de sa matraque, sans plus de résultat.

— Il est fou à lier, diagnostiqua Ilosovich Stache en croisant les bras sur sa poitrine.

Ce qui ne surprit personne, l'opinion commune concernant le Chapelier étant d'accord avec cela depuis fort longtemps.

— Si ce n'est pas malheureux..., déplora alors Stache, un rictus sardonique aux lèvres. Débarrasser un dingue de sa tête, quel gâchis ! C'est d'un ennui mortel : pas de pleurnicheries, pas de vaine supplique...

Ce disant, il adressa un coup d'œil appuyé à Bielle et ses petits, derrière lui. La chienne se projeta aussitôt contre sa grille, ses grands yeux bruns implorants.

— Pourquoi nous tenir enfermés ? geignit-elle. Nous n'avons rien fait de mal !

— Ton époux est seul responsable, renifla le

Valet de Cœur avec mépris. Il a *choisi* de vous laisser croupir ici…

— Vous mentez !

Bielle était furieuse ; elle se jeta à nouveau contre les barreaux, grognant et montrant les crocs aux soldats armés. Stache, craignant d'être mordu, recula précipitamment, plaqué contre les barreaux de la cellule du Loir et du Chapelier. Ni une ni deux, ce dernier sortit de sa léthargie et bondit sur le Valet de Cœur, le saisissant au collet à travers la grille, plaquant son avant-bras contre sa gorge. Le Chapelier resserra son étreinte. Il serra, serra… Stache toussa, il commençait d'étouffer. Vite, les Gardes Rouges intervinrent. Ils essayèrent de faire lâcher prise au Chapelier, tirant sur son bras, lui mortifiant les doigts, enfonçant leurs ongles dans sa chair… Mais les prunelles du Chapelier se consumaient d'un éclat de démence pure ; il ne sentait rien, ne réalisait rien, ses forces étaient décuplées…

L'acharnement des soldats, à plusieurs contre un, leur fit remporter finalement la partie, et Ilosovich Stache se libéra en haletant et hoquetant, à demi asphyxié. Il se tenait le cou, aspirant douloureusement de grandes goulées d'air. On aurait dit un poisson hors de l'eau… Son souffle retrouvé, il désigna le Chapelier d'un geste définitif et assena avec cruauté :

— Vous serez décapité à l'aube.

Puis, l'index pointé sur Mally :

— Et celle-là aussi.

— Oh… Une si petite tête ? argumenta le Chapelier dans un mouvement d'impuissance.

Il dessina dans le vide les dimensions pitoyables du crâne du Loir.

— À quoi bon se donner tant de mal pour ça ? poursuivit-il. Relâchez Mally, plutôt… En contrepartie, je vous promets une exécution à grand spectacle ! Je vous supplierai à genoux. Je ramperai aux pieds du bourreau.

Dans sa cage, le rongeur s'énervait. Il n'était pas question que son ami se sacrifiât pour lui et fût le seul à mourir tout à l'heure ! Bien décidé à ne pas laisser faire une ignominie pareille, il se mit à secouer ses barreaux et hurla :

— À bas la Reine Rouge !

… en lançant à toute force son épingle à chapeau en direction du Valet de Cœur.

Elle se ficha droit dans l'épaule de l'homme qui gémit de douleur en l'arrachant d'un coup sec. Le sourire victorieux du Loir s'effaça cependant lorsque Stache proféra avec une joie sadique :

— Profitez bien de cette nuit.

Et, pivotant sur ses talons, il quitta sur-le-champ les cachots, escorté des Gardes Rouges. La menace sous-jacente était sans ambiguïté : profitez bien de cette nuit… car ce serait la dernière.

Tout en arpentant les paisibles jardins taillés de la Reine Blanche, Alice se sentait anxieuse. Le Château d'Horribeth avait beau être un vrai lieu de cauchemar, elle aurait donné n'importe quoi pour y être à présent. Elle brûlait de savoir ce que devenait le Chapelier. Était-il encore en vie ? Les soldats l'avaient-ils à nouveau molesté ? Lui en voulait-il de s'être échappée, l'abandonnant aux mille tourments auxquels la Reine Rouge ne manquerait pas de le condamner ?

La culpabilité lui étreignait le cœur tandis qu'elle traversait le labyrinthe végétal de Mirana. Au détour d'une haie, elle aperçut soudain un champignon dont les bords arrondis, baignés du clair de lune, se détachaient nettement contre les massifs. Un mince ruban de fumée s'en évadait vers les nuages du soir…

— Absolem ? s'étonna Alice.

La grosse chenille bleue releva la tête de son

narguilé et la scruta de pied en cap avant de lancer dans un anneau de fumée :

— Qui êtes-vous ?

— Je croyais pourtant que vous aviez résolu cette énigme l'autre fois, répliqua la jeune fille en masquant un sourire. Je suis Alice… mais je ne suis pas celle que l'on imagine.

— Et qu'en savez-vous donc ? articula lentement Absolem en lui soufflant un cercle de fumée dans le nez.

Alice toussa puis, chassant la fumée de la main, elle rouspéta :

— Vous l'avez dit vous-même, je vous signale !

— J'ai dit que vous n'étiez *« même pas un peu »* Alice, rectifia la chenille bleue. Mais vous l'êtes beaucoup plus maintenant. En fait, vous êtes même *« presque »* Alice !

— De toute façon, cela ne change rien. Je serais totalement incapable de terrasser le Jabberwocky même si ma vie en dépendait.

— Ce qui sera exactement le cas, annonça, prosaïque, Absolem. Je vous suggère d'ailleurs de garder l'Épée Vorpaline à portée de main le Jour Frabieux venu…

Agacée par cette conversation dérangeante, Alice, folle de curiosité, toucha légèrement le ventre gélatineux de la Chenille qui écarquilla les yeux.

— Ne faites jamais ça ! s'étrangla-t-elle, outrée.

— Vous paraissez si réelle, se justifia la jeune fille. Parfois, j'oublie que je suis simplement en train de rêver…

Absolem lui souffla une autre bouffée de fumée dans le nez, ne trouvant de réponse mieux appropriée à une telle remarque.

— Mais arrêtez, à la fin ! protesta Alice avec véhémence.

La Chenille se mit à ricaner, son corps d'ogive parcouru sur toute sa longueur de vagues bleues d'allégresse ; elle ricanait toujours quand la fumée du narguilé l'enveloppa tout entière, la dissimulant à la vue d'Alice qui renonça alors, préférant encore tourner les talons et s'enfoncer dans la nuit…

Or, au fin fond des cachots de la Reine Rouge, le Chapelier s'efforçait d'épousseter son précieux haut-de-forme et d'arranger sa mise passablement râpée. Il refusait absolument de se présenter à son exécution dans une tenue incorrecte !

— J'ai toujours révéré ce vieux chapeau, ronronna soudain une voix doucereuse, devant la grille de la cellule.

Le Chapelier leva la tête. Le Chat du comté de Cheshire se tenait mollement appuyé contre le mur de pierre humide du couloir.

— Salut, le matou, lança le Chapelier qui continuait de se préparer.

Le Chat agita la queue. Il se lissait les moustaches d'une mine pensive en le contemplant, et lâcha au bout d'un moment :

— Puisqu'il ne vous servira bientôt plus à rien, ce haut-de-forme, verriez-vous un inconvénient à me le léguer *d'avance* ?

Le Chapelier redressa le menton d'un air très digne.

— C'est une exécution officielle, souligna-t-il obstinément. J'en ai besoin, je veux être sur mon trente et un.

— Quelle histoire regrettable, soupira après un bref silence le Chat du comté de Cheshire. Je me réjouissais déjà de vous revoir *Giguendélirer* comme autrefois…

— Il est vrai que je me défendais pas mal, admit le Chapelier, quelque peu désabusé.

À ces mots, le Chat disparut brusquement…

et se rematérialisa dans la cellule, auprès du Chapelier. Ses iris félins flamboyaient de malice.

— Mais ce chapeau me plaît vraiment *infiniment*, susurra-t-il. Comptez sur moi pour le porter à la *première* grande occasion.

Et avec le Chapelier, ils échangèrent un long regard chargé de connivence…

L'aurore venue, on vint chercher les condamnés. Le Loir et le Chapelier quittèrent leur cachot le dos voûté, se laissant conduire à l'échafaud d'un pas résigné. Il y avait foule, dans la cour extérieure. Parmi les gens massés là, le Lapin Blanc et les frères Tweedle regardèrent tristement passer leurs amis… Du haut d'un balcon, la Reine Rouge et le Valet de Cœur saluaient la population, ignorant le chagrin et la détresse qui l'accablaient justement en cet instant.

Le Chapelier grimpa sur l'estrade le premier, repoussant le Loir en seconde position. Le bourreau, un costaud bourru masqué selon l'usage d'une cagoule, vint au-devant d'eux. Il tendit la main vers le haut-de-forme du Chapelier, qui recula en maugréant :

— Je veux le garder.

— Si ça peut vous faire plaisir, céda le bourreau dans un haussement d'épaules. Moi, vous savez, du moment que ça ne m'empêche pas de vous trancher le cou…

— On se rejoint au Paradis, mon cher ! grinça alors la brave petite Mally en serrant la main du Chapelier afin de lui donner du courage. Ne vous en faites pas, je vous suis d'ici une minute ou deux !

Le Chapelier s'agenouilla au pied du billot. Il y plaça sa tête ; le contact lui sembla lisse, froid, infâme. En contrebas, le peuple en deuil se retrouva face au célèbre chapeau bosselé, comme s'il leur adressait un dernier sourire…

— Non, je ne peux pas voir ça ! gémit le Lapin Blanc en se cachant les yeux.

Le bourreau leva sa lame, le soleil naissant habillant d'étincelles le tranchant effilé. Un silence glacial s'abattit sur l'assemblée paralysée d'effroi lorsque la lame tomba soudain, fendant l'air dans un sifflement sinistre… Et *TCHOC !* elle rebondit lourdement sur le billot nu. Tout le monde demeura bouche bée. Y compris Stache et Horribeth.

Le Chapelier Fou…

… Il s'était volatilisé !

Chapitre seize

L'écho de la lame percutant le billot retentit dans la cour pavée. Le bourreau, ébranlé par la violence de l'impact et choqué d'avoir égaré son supplicié, recula en massant ses biceps endoloris. Dans la foule abasourdie, les jumeaux Tweedle se dévisageaient sans rien comprendre, se défiant presque l'un l'autre du regard d'oser cette fois encore nier l'évidence.

— Envolé, le Chapelier, jeta alors Tweedledee.

Ce que Tweedledum ne put raisonnablement

contredire, hochant la tête dans un silence stupéfait. Le Lapin Blanc, quant à lui, se cachait toujours les yeux en tremblant, et pensait que c'en était fini de son ami.

— Nous perdons ce matin un fameux camarade, discourut-il en effet dans un sanglot grandiloquent mais sincèrement affecté.

— Regardez plutôt ! insista Tweedledum en le forçant à baisser les pattes.

Le Lapin Blanc obéit de mauvaise grâce… et vit ce qui subjuguait l'assemblée : le corps du Chapelier avait disparu de l'échafaud, abandonnant sa tête derrière lui ! Sur l'estrade, le bourreau impatienté piqua une colère :

— Comment voulez-vous que je tranche le cou d'une tête sans corps ?!

À cet instant, le haut-de-forme quitta lentement le billot ; il flotta dans les airs puis se redressa, dévoilant à tous quelle figure se trouvait en dessous… et elle n'appartenait pas au Chapelier ! Cette bouille toute ronde fendue d'un sourire narquois en croissant de lune, c'était bel et bien celle du Chat du comté de Cheshire ! Grâce à sa faculté de devenir invisible, il avait pris la place du Chapelier en se cachant dans son couvre-chef ! Ravi de son effet de surprise,

son coup de théâtre magistral, le rusé matou salua les gens, au pied de l'estrade, ainsi que la Reine Rouge et Stache, sur leur balcon.

— Cheshire le Chat, espèce de *rat* ! s'esclaffa le Loir, ivre de bonheur.

Le minet lui fit un clin d'œil, lorsqu'un rire familier s'éleva soudain dans la cour et traversa, irrépressible, l'assistance. Les gens firent volte-face ; le Chapelier, perché sur une balustrade, près des courtisans, s'esclaffait à gorge déployée.

— Oh, Votre Majesté ! Je crains que vos courtisans ne se jouent de vous et ne vous prennent pour *une idiote* !

Et, tendant la main, il arracha l'une des oreilles de Lady Longues-Oreilles qui poussa un cri déchirant. Le Chapelier brandit alors le postiche devant lui. La Reine Rouge, sur le balcon, fronça les sourcils.

— Qu'est-ce que cela signifie ? rugit-elle avec férocité.

Paniquée, Lady Longues-Oreilles tenta lâchement de se justifier :

— Il n'y a pas que moi, Votre Altesse ! Voyez donc !

Et elle tira de toutes ses forces sur le nez protubérant de sa voisine. Il se détacha dans un *ploc !* sonore, révélant le véritable petit appendice nasal qu'il dissimulait...

— Comment ? Un faux nez ? Vous devriez avoir honte, ma chère ! s'empressa de vociférer l'homme ventripotent, espérant ainsi sauver sa propre peau.

Peine perdue. La femme l'accusa immédiatement avec hargne :

— Moi ? Et que dire de cette panse énorme dont vous êtes si fier, alors ?

Il n'eut pas le temps de filer ; déjà, elle lui soulevait la chemise, exposant au vu et au su de tous le faux ventre dont il s'affublait en cachette. Le

Chapelier l'aurait parié : dans leur propre intérêt, ils se retournaient les uns contre les autres à une vitesse aussi remarquable qu'effroyable ! La rage d'Horribeth, découvrant la supercherie de ses proches ne l'étonna guère non plus… En fait, elle frisa même la crise d'apoplexie quand elle s'égosilla :

— MENTEURS ! TRICHEURS ! VILS FALSIFICATEURS ! QU'ON LEUR COUPE LA TÊTE !

Un désordre indescriptible s'ensuivit. Le Chapelier sauta sur une corniche et harangua la peuple :

— Debout, mes frères, et luttons ! L'heure est venue, au nom des esclaves et des opprimés de la Cour, de vous rebeller contre la tyrannie infamante ! *EguoR enieR al saba !*

Aussitôt, les singes hurlants du Château envoyèrent valdinguer les tables et les assises qu'ils soutenaient. Un Valet-de-pied-Grenouille jeta en l'air son plateau de tartelettes à la mélasse. Les oiseaux lâchèrent leurs lanternes et se posèrent enfin, soulageant leurs ailes meurtries. Partout dans la cour et la forteresse, on se délivrait de ses liens, adoptant le slogan de la Résistance Souterraine de l'Arrière-Pays :

— *EguoR enieR al saba !*

La phrase scandée à l'unisson perçait les murs, les dalles, les portes et les fenêtres pour s'élancer vers le ciel d'une seule et même voix :

— *EguoR enieR al saba !*

Furieuse, Horribeth s'agrippa à la rambarde du balcon et, tapant du talon, elle ordonna :

— QU'ON ENVOIE L'OISEAU JUBJUBE !

Le monstre libéré décolla de son aire dans un cri strident et fondit en piqué sur la foule affolée. Spectateurs comme rebelles, aucune distinction : le faramineux Jubjube semait la mort et la désolation à grands coups de serres acérées et de bec crochu. La Reine assistait au massacre, un sourire vengeur lui déformant les traits.

— Vous aviez raison, Stache, assena-t-elle d'un ton cruel. Il est préférable d'être crainte qu'aimée. Faites préparer le Jabberwocky pour la bataille. Nous allons rendre une petite visite à ma jeune sœur.

Un détail échappa cependant à la vigilance impitoyable d'Horribeth, toute à sa hâte d'en découdre chez Mirana... Un groupe d'audacieux était parvenu à tromper le Jubjube, à courir sans s'arrêter jusqu'à la grille et à traverser le pont-levis. Parmi eux, le Chapelier, le Loir, le Lapin Blanc et les Tweedle ; tous en route vers la Liberté !

Quelque temps plus tard, à Marbreroi…

Alice, Bayard et la Reine Blanche, installés ensemble sur le parapet du Palais, contemplaient les étoiles du soir. En cette veille du Jour Frabieux, un sentiment de malaise diffus dominait le trio…

— À l'heure qu'il est, j'aurais espéré avoir trouvé mon champion pour défendre le pays…, confia Mirana d'un ton insidieux.

— Et pourquoi n'affrontez-vous pas *vous-même* le Jabberwocky ? raisonna Alice. Avec les pouvoirs que vous avez…

— Je suis *guérisseuse*, objecta la Reine Blanche avant d'ajouter, mélodramatique : J'ai prêté serment. Je ne peux porter physiquement atteinte à aucune créature vivante, quelle qu'elle soit.

Alice haussa les épaules en signe d'impuissance, puis elle observa le paysage. La Reine venant de remarquer un insecte hideux qui se baladait près de son pied, elle frémit de dégoût à l'idée qu'il lui montât dessus et profita de l'inattention d'Alice pour l'écraser en catimini. Soudain, un mouvement inattendu attira son attention, à l'horizon. Elle empoigna sa longue-vue, afin de vérifier de quoi il s'agissait.

— Nous avons de la compagnie, annonça-t-elle alors à Alice en lui tendant la lunette.

La jeune fille la pointa sur les falaises. Son cœur bondit littéralement lorsqu'elle reconnut le Loir et le Chapelier parmi le groupe de gens qui accourait dans leur direction. Ils étaient sains et saufs ! Elle ne les avait donc pas abandonnés à la mort ! Apercevant autre chose, elle passa la longue-vue à Bayard.

— Regardez !

Ses longues oreilles pendantes encadrèrent mollement la lunette quand il y colla l'œil. Il détailla un moment la bande d'arrivants et repéra enfin la petite famille de chiens de chasse trottant à leur côté… Sa femme et leurs chiots !

— Bielle ! s'exclama-t-il, enchanté, avant de se précipiter à la grille du Palais afin de les accueillir.

Alice lui emboîta le pas, ses cheveux dorés flottant librement dans son dos. Il atteignit la cour le premier, juste comme leurs amis passaient le pont-levis.

Incapable d'attendre, Bayard fonça jusqu'à sa femme et ses petits. Tous sautillèrent en se retrouvant, gémissant et se frottant museau contre museau avec amour. Le Lapin Blanc joignit les pattes, ému aux larmes par cette scène.

Alice ne regarda personne, que le Chapelier. Sa mise entière paraissait ragaillardie, à l'image exacte de l'allégresse subite qui illuminait son visage. La jeune fille se jeta à son cou en s'écriant :

— Je suis si heureuse de vous revoir ! Je croyais qu'ils vous déc…

— Je le croyais aussi ! l'interrompit le Chapelier avec enthousiasme. Mais en fait, non !

Sa voix grimpa dans les aigus ; il se cramponna aux mains d'Alice comme s'il n'allait plus les lâcher et reprit d'une traite :

— Me voici donc… et en un seul morceau… et plutôt content, maintenant que je te retrouve… j'aurais tellement regretté de ne plus te revoir… surtout que tu as récupéré ta véritable taille… c'est une excellente taille, tu sais… juste celle qu'il faut, en vérité… une parfaite taille d'Alice qui…

— CHAPELIER !

Il se ressaisit brutalement.

— Ça va. Je vais bien, marmonna-t-il en clignant des yeux d'un air bizarre devant elle.

C'était pourtant vrai, qu'il allait bien, songea Alice. Il était même *resplendissant* ! Alors qu'elle avait cru le perdre pour de bon… Elle s'interdit cependant de gâcher cet instant de bonheur et, taisant ce qu'elle brûlait réellement de dire, elle demanda tout à trac :

— Votre chapeau ? Où est-il ?

Poussée par sa curiosité habituelle, elle ne put s'empêcher de toucher son étrange chevelure rousse à l'aspect mousseux… Et sursauta en même temps que lui quand le vieux haut-de-forme cabossé se matérialisa près d'eux dans les airs ! Bientôt, la caboche toute ronde du Chat du comté de Cheshire apparut dessous, suivie de son corps au complet.

— Vous ?! s'étonna la jeune fille.

— Et comment va ce bras, mignoooonne ? minauda-t-il.

— Oh, ça, c'est totalement guéri ! fut-elle enchantée de lui apprendre en lui montrant ses cicatrices.

Plus de boursouflures malsaines. Presque plus

de traces de griffures non plus. Le Chapelier réclama alors son précieux couvre-chef au matou, qui ne le lui restitua qu'à contrecœur.

— Adieu, « *beau-de-forme* », grogna le Chat du comté de Cheshire.

Le Chapelier, à nouveau dignement chapeauté, jeta un coup d'œil à Alice et échangea avec elle un sourire complice. Un sourire plus parlant en vérité qu'un discours aux mots choisis !

À la nuit tombée, les rescapés du lugubre Château Rouge avaient chacun déniché où dormir en sécurité au Palais de Mirana. Perchés au sommet d'une tour, Alice et le Chapelier bavardaient tranquillement sous la lune, leurs jambes pendant dans le vide.

— Quel est le point commun entre un corbeau et un bureau ? demanda soudain le Chapelier d'un ton rêveur.

— Une devinette ! se réjouit Alice. On va bien s'amuser. Voyons… Laissez-moi réfléchir une minute…

Il se tourna vers elle et la fixa droit dans les yeux.

— Tu sais quel jour nous sommes, demain, nota-t-il.

— Le Jour Frabieux, soupira Alice. Comment l'ignorerais-je ?

On n'avait fait que chuchoter à ce sujet, aujourd'hui, dans les couloirs du Palais ! Elle ajouta :

— Je donnerais n'importe quoi pour m'éveiller au plus vite !

— Parce que tu penses encore que tout ceci n'est qu'un rêve ? lança, perplexe, le Chapelier.

— Cela ne peut *évidemment* être la réalité, répliqua la jeune fille. C'est une pure invention de mon esprit.

Son ami réfléchit un instant, puis il remarqua :

— Ce qui signifierait dans ce cas que *je* n'existerais pas ?

— Je suis navrée de vous l'apprendre, mais vous n'êtes en effet que le fruit de mon imagination, affirma Alice. C'est tout moi, ça, d'inventer quelqu'un d'à moitié toqué !

Elle sourit à part elle à la pensée que son père aurait trouvé cela tordant, lui aussi…

— Mais il faudrait que tu sois à moitié folle toi-même pour être capable de m'inventer…, observa cependant le Chapelier.

— Je dois donc être un peu fêlée ! reconnut la jeune fille.

Ils demeurèrent longtemps, assis là l'un contre l'autre, réconfortés par leur folie mutuelle. Finalement, Alice brisa le silence :

— Bon, tant pis, j'abandonne. Je donne ma langue au chat ! Alors, c'est quoi, le point commun entre un corbeau et un bureau ?

— Je n'en ai pas la moindre idée, dut bien admettre le Chapelier.

Alice s'esclaffa, puis elle murmura :

— Chapelier, vous allez drôlement me manquer, à mon réveil…

Chapitre dix-sept

Le lendemain matin, à l'aube, tout le monde se réunit dans la cour du Palais de la Reine Blanche. Un curieux sentiment de peur et d'excitation mêlées électrisait l'atmosphère. Le Jour Frabieux venait de se lever, et avec son avènement, tout allait changer. En mieux ? En pire ? Là était la question…

Le Lapin Blanc produisit une trompette rutilante et sonna en héraut le rassemblement ; immédiatement, la foule grouillante se tut.

— Que le futur champion de notre Reine Blanche avance d'un pas ! proclama le Lapin Blanc.

— Je serai celui-là ! se porta volontaire le vaillant Chapelier Fou.

Le Chat du comté de Cheshire émit un grondement de dédain.

— Votre don à vous volatiliser dans les airs me semble des plus médiocres, mon cher, crissa-t-il. C'est à moi, d'être celui-là !

— Non, à moi ! trancha, impétueux, Tweedledum.

— Non, *moi* ! se fâcha Tweedldee en bousculant son frère pour passer devant lui.

Alors, le Lapin Blanc déroula l'Oracle et le brandit à bout de bras, ouvert sur l'image animée d'Alice en armure terrassant le Jabberwocky. Les ardeurs héroïques des uns et des autres se calmèrent aussitôt…

— Personne d'autre qu'elle pour cette mission, en aucune façon ! convint Tweedledum.

— Pas d'Alice, pas de victoire ! acquiesça Tweedledee d'un ton catégorique.

Des regards brûlants d'espérance se tournèrent instantanément vers la jeune fille, dans l'assistance. Le poids de cette attente, la pression exercée, oppressait Alice. Comme sous le petit belvédère, quand Hamish l'avait demandée en mariage devant tous les invités de la garden-party… La Reine Blanche prit la parole :

— Alice, tu dois mener ta vie comme tu l'entends, non pour plaire aux autres. Ne t'en remets qu'à toi, ici ; ce choix t'appartient à cent pour cent. Prends ta décision en ton âme et conscience car, lorsque tu affronteras le Jabberwocky, tu l'affronteras *seule.*

Alice fixait l'effroyable créature, sur l'illustration mouvante de l'Almanach. Dire qu'en ce moment même ce monstre volait vers eux… Elle avait beau se voir le combattre, brandissant, cheveux au vent, l'Épée Vorpaline, elle ne parvenait toujours pas à y croire. Elle, une guerrière aguerrie ? Allons donc ! Rien que d'imaginer la sensation de sa lame transperçant la chair du Jabberwocky, rien que d'imaginer les coups de griffes de celui-ci sur sa peau délicate… Non, décidément, elle n'était pas une *massacreuse.* Elle était déjà incapable de tuer quoi que ce fût, alors, terrasser la créature la plus crainte de tout l'Arrière-Pays, quelle folie !

Submergée de doutes, l'instant fatidique approchant, Alice préféra fuir la cour du Palais pleine de monde. Elle courut, courut à perdre haleine se réfugier dans le labyrinthe végétal. Là, elle s'écroula en sanglots sur un banc.

— Ce qui est sûr, c'est qu'on n'a jamais accompli de grands exploits en pleurnichant, remarqua une voix, tout près d'elle.

Alice se redressa, le visage baigné de larmes.

— Absolem ? demanda-t-elle, fouillant les parages des yeux.

— Sur la feuille, par ici.

La jeune fille scruta la haie la plus proche et repéra bientôt la Chenille, suspendue tête en bas à une feuille, en train de tisser un cocon argenté autour de son long corps bleu.

— Pourquoi êtes-vous à l'envers ? s'étonna Alice.

— J'arrive au terme de cette existence, assena simplement Absolem.

Alice, bouleversée, sentit son cœur se serrer. Pourtant, elle ne connaissait pas réellement la Chenille ; pas à ce point-là, en tout cas…

— Allez-vous mourir ? bredouilla-t-elle.

— Me métamorphoser, répondit l'insecte, énigmatique, déjà à moitié englouti dans ses fils de soie.

— Je vous en prie, ne partez pas ! J'ai besoin de votre aide… Je ne sais pas quoi faire !

— Comment voulez-vous que je vous aide, petite sotte ? Vous ne savez même pas qui vous êtes !

Alice ne pleurait plus, maintenant. Elle était bien trop en colère !

— Je ne suis pas sotte ! protesta-t-elle dans un souffle. Je m'appelle Alice. J'habite Londres avec ma mère Helen et ma sœur Margaret. Mon père était Charles Kingsleigh. Un homme extraordinaire qui voyait par-delà les choses et dont l'audace lui permettait de suivre ses projets jusqu'à l'autre bout du monde. Personne n'aurait pu l'empêcher de croire en ses rêves les plus impossibles ! D'ailleurs, il aurait adoré ce pays…

Elle s'interrompit, réalisant ce qu'elle venait de dire. C'était comme une révélation quasi mystique… Elle n'avait pas besoin d'aide, finalement ; il ne lui fallait qu'un peu du courage de son père. Sa force, sa détermination, sa perspicacité. Sa foi en lui-même. Elle ajouta dans un murmure :

— Et moi, je suis sa fille. Oui, Alice. Une Kingsleigh !

— À la bonne heure, s'exclama Absolem. Alice ! Vous aviez l'esprit tout aussi embrumé, je me souviens, lors de votre première visite chez nous. Vous aviez baptisé l'Arrière-Pays « le Pays des Merveilles ».

— Le Pays des Merveilles…, répéta pensivement la jeune fille.

Ce nom résonnait en elle de façon particulière ; il lui évoquait tant de choses, brusquement ! Son rêve d'enfance, qui resurgissait par bribes insensées depuis le début de son aventure, lui revint en détail à la mémoire : Alice, fillette de neuf ans au Pays des Merveilles… Alice, fillette, dans la salle des portes, au fond du terrier… Alice, fillette, et le Chat du comté de Cheshire… Alice, fillette, conviée au thé des fous… Alice, fillette, chez la Reine de Cœur, où les Valets-Cartes-à-Jouer peignent les roses en rouge… Alice, fillette, qui rencontre la Chenille Savante…

— Mais alors, je ne rêvais pas ! comprit-elle subitement. Tout était vrai ! Cet endroit existe bel et bien ! Et vous aussi, et…

Son pouls s'accéléra. Elle termina sa phrase :

— … et le Chapelier…

— Et le Jabberwocky, nota la Chenille d'un ton sinistre. N'oubliez pas : l'Épée Vorpaline connaît sa Destinée, laissez-vous guider mais ne lâchez jamais sa garde. *À bien sûr*, Alice ! Peut-être vous reverrai-je dans une autre vie…

Et la chrysalide d'émeraude se referma sur Absolem, qui disparut plus radicalement encore que derrière son éternel rideau de fumée. Alice demeura assise quelques minutes, perdue dans ses réflexions. Puis elle se leva avec assurance et sécha ses larmes. Elle savait désormais ce qu'elle avait à faire. Elle s'était décidée.

L'armée de la Reine Rouge traversait le Désert, ses étendards flottant au-dessus du sable écarlate. Perchée sur son noir destrier, Horribeth menait ses troupes à la bataille, le Valet de Cœur chevauchant à son côté. L'oiseau Jubjube les précédait à grands coups d'ailes, tandis que l'ombre gigantesque du Jabberwocky planait sur le cortège impitoyable…

La fantastique armée progressait, inexorable, prodigieuse… terrifiante.

L'humeur, dans la cour du Palais de Marbreroi, était au plus sombre. Sans le secours d'Alice, aucune chance de remporter l'ultime combat à venir. Les Tweedle se tenaient chacun par le cou, la tête basse. Le Lièvre de Mars se tortillait nerveusement les pattes et les oreilles, ses yeux exorbités riboulant sans cesse de droite et de gauche. Le Chapelier Fou, pour sa part, patientait tranquillement, appuyé avec nonchalance contre un mur. Il avait confiance en Alice ; il la connaissait trop bien pour douter d'elle et abandonner tout espoir.

Soudain, un vacarme épouvantable s'échappa du Palais. Comme un bruit de ferraille… et voici que le Bandersnatch surgit dans la cour, l'écume à la gueule. Sur son dos, le Chevalier Blanc, magistral, son armure d'argent scintillant au soleil matinal. D'abord aveuglée par la magnificence de leur héros venant de faire irruption, la foule abasourdie ne tarda pas à remarquer la longue chevelure dorée qui s'évadait souplement du casque ; Alice brandit alors l'Épée Vorpaline sous un tonnerre de vivats et d'acclamations, qui se turent brutalement quand une immense ombre sournoise survola l'assemblée…

— Ça y est ! s'écria le Lièvre de Mars dans un couac. Le monstre s'en vient !

Nullement impressionnée, Alice pointa son épée droit devant :

— Tous au Bois Touffeté !

La Reine Blanche et son peuple parvinrent en silence à la clairière incendiée, lieu pesant de souvenirs douloureux. Alice jeta un coup d'œil discret au Chapelier, inquiète et bouleversée pour son ami qui avait vu périr ici toute sa famille, brûlée vive…

La Reine Rouge les accueillit, l'air irascible sur son étalon de jais, un sourire malveillant aux lèvres et le regard luisant de haine à l'encontre de sa jeune sœur.

— Bonjour, Horribeth, la salua cette dernière en tirant sur les rênes de son cheval à la robe de neige.

— Mirana, répliqua-t-elle froidement.

Le Lapin Blanc sonna alors de la trompette puis, déroulant un parchemin, il annonça d'un ton officiel :

— En ce Jour Frabieux, les Reines Rouge et Blanche présenteront chacune leur champion, lesquels s'affronteront en leur nom respectif.

De lourdes larmes perlèrent aux longs cils de Mirana.

— Oh, Bethy, s'attrista-t-elle.

Horribeth sembla un instant s'adoucir en entendant le surnom de son enfance.

— Pourquoi nous entre-déchirer ainsi ? continua la Reine Blanche. Nous n'avons pas à nous battre…

— C'est ça, fais-moi tes yeux de merlan frit, cracha Horribeth, brusquement soupçonneuse. Tu me prends pour une idiote ? Tu crois que je vais me laisser émouvoir bêtement et fondre comme nos parents, lorsque nous étions gamines ?

Mirana étendit les bras dans un geste suppliant et réclama avec douceur :

— Rends-moi ma couronne, et ça ira, tu verras.

— C'est *ma* couronne ! se récria la tyrannique souveraine. Je suis *l'aînée* ! JABBERWOCKY !

Son noir destrier se mit à piaffer et s'affoler en ressentant la panique qui s'empara de tous quand une silhouette massive et gigantesque s'éleva derrière Horribeth…

— Ça y est, le voilà ! s'époumona le Lièvre de Mars, frénétique. Regardez, le voilà ! Ça y est ! Regardez !

La créature, d'une effroyable envergure, masquait le soleil, plongeant la clairière dans la pénombre. Elle tourna la tête, examinant chacun tour à tour de ses petits yeux brillants, sa queue fourchue fouettant le sol. D'une griffe effilée, le Jabberwocky rajusta son veston grenat ; Alice avait du mal à dissimuler sa terreur.

— Je n'y arriverai jamais ! C'est impossible ! dit-elle au loyal Chapelier qui se tenait fidèlement à ses côtés.

— Seulement si tu le décides, lui chuchota-t-il.

Ce disant, il la fixait d'un air rassérénant, et ses paroles éveillèrent subitement un souvenir chez Alice. Un souvenir de son père…

— Parfois, je peux croire en l'impossible

jusqu'à six fois d'affilée avant l'heure du petit-déjeuner ! prétendit-elle en souriant à son ami.

— Excellente habitude en vérité, apprécia le Chapelier. Mais ce matin, je te conseillerais de te concentrer sur le Jabberwocky…

Il n'en fallut pas plus à Alice. Elle sauta à bas du Bandersnatch, repoussa ses cheveux en arrière, vérifia son glaive ; elle était fin prête.

— Alors, sœurette ? ironisa la Reine Rouge. Où il est, *ton* champion ?

— Ici ! lança Alice en avançant hardiment au centre de la clairière.

Horribeth, contrariée, jeta un regard courroucé au Valet de Cœur, mais le Jabberwocky crissa de contentement. Il glissa la tête vers la jeune fille, saliva, écarta les mâchoires, et rugit.

— Six choses impossibles, se murmura Alice en tremblant de tous ses membres. Allons, énumère-les, Alice, dépêche-toi ! Une : il existe une potion qui vous fait rétrécir. Deux : il existe un gâteau qui vous fait grandir.

Elle tira son Épée Vorpaline ; le Jabberwocky se pencha, lourd et imposant, vers elle…

— Ma vieille adversaire, siffla-t-il d'un ton traînard qui donna la chair de poule à Alice. Ainsi nous retrouvons-nous sur le champ de bataille…

La jeune fille tressaillit. D'abord, elle n'avait pas imaginé un instant que ce monstre saurait parler. Ensuite, elle avait l'absolue certitude de ne jamais l'avoir rencontré auparavant, ni sur un champ de bataille, ni nulle part ailleurs. Une créature pareille, elle ne l'aurait pas oubliée. En aucune façon !

— Nous ne nous sommes jamais vus, lâcha-t-elle alors, priant tout bas pour que le Jabberwocky ne détectât pas son chevrotement de terreur.

— Il ne s'agit pas de toi, misérable petit écuyer !

Il la toisa d'un regard supérieur.

— Mais de mon ennemie ancestrale, l'Épée Vorpaline !

Sur quoi, il déroula sa longue langue pointue en direction du glaive. Surprise, Alice le souleva par réflexe en position de défense… et sectionna net au passage la langue épaisse du monstre ! Celle-ci tomba par terre, gigotant et se tortillant dans la cendre. Alice, dégoûtée, eut un mouvement de recul. Mais, au moins, le Jabberwocky ne pouvait plus émettre que des borborygmes inarticulés !

— Ça suffit, gronda la jeune fille. Trêve de bavardages On n'est pas là pour discuter !

Elle allait ajouter quelque chose d'une bravoure infinie lorsque la créature enragée l'envoya valdinguer d'un violent coup de queue fourchue. Alice s'écroula, retenant de justesse son épée. Elle demeura un instant clouée au sol, le souffle coupé. Elle songea, afin de s'encourager :

« Trois : les animaux parlent. »

D'instinct, elle roula sur le flanc alors que le Jabberwocky s'apprêtait à l'empaler du bout de sa queue fourchue. Elle en perdit brièvement ses moyens, incapable de suivre le cours de ses pensées.

« Quatre… Quatre, Alice, allons… Quatre : les chats peuvent s'évaporer dans les airs. »

Et elle sauta enfin sur ses pieds.

— Attention à ta tête ! hurla soudain le Chapelier.

Vite, Alice se baissa, esquivant les mâchoires meurtrières du Jabberwocky.

— Cinq : il est un lieu qu'on appelle le Pays des Merveilles, articula la jeune fille avec fermeté.

Le monstre l'attaqua de ses effroyables griffes effilées. Elle contra habilement le coup, déviant les pointes acérées de leur trajectoire du plat de sa lame.

— Six…

Alice inspira à fond. Puis elle redressa lentement la tête. Elle ne ressentait plus la peur, maintenant. Une flamme de détermination féroce dansait dans ses pupilles dilatées. Elle connaissait ce dernier impossible… et elle avait résolu d'y croire.

— Six : je peux terrasser le Jabberwocky ! s'écria-t-elle.

Et elle imprima un large arc de cercle à l'Épée Vorpaline et fonça sur la créature qui, déstabilisée par la furie de cet assaut inattendu, recula d'un bond avant de frapper à son tour en direction d'Alice. Le duel commençait pour de bon.

— Derrière toi ! s'époumona le Chapelier.

Alice fit volte-face vers son ami, distraite par ses cris. Le Jabberwocky en profita pour lui lacérer le dos de son armure, et le Chapelier frémit… La jeune fille rejoignit celui-ci tandis qu'il s'appliquait à parer dans le vide les coups incessants de son adversaire.

— Je me débrouille, ça ira, lui affirma Alice alors qu'il continuait à lutter. Merci !

— Le Chapelier interfère ! beugla subitement la Reine Rouge, hors d'elle. Qu'on lui coupe la tête !

Le Valet de Cœur dégaina son glaive et se précipita en direction du Chapelier Fou qui brandit promptement sa propre épée afin de riposter. Et ce qui ne devait être à la base qu'un affrontement solennel entre les deux champions des Reines ennemies se transforma bientôt en une vraie bataille rangée, Alice et le Jabberwocky au cœur de la tourmente.

Le Loir enfourcha Bayard et, escortés de Bielle montrant les dents, les compères se ruèrent sur l'oiseau Jubjube, crocs et épingle à chapeau contre serres et bec crochu…

Le Chat du comté de Cheshire s'amusa à apparaître sous le nez d'un Garde Rouge, avant de s'évanouir aussi vite dans les airs quand celui-ci tenta de le transpercer de son sabre. Troublé, le soldat pivota sur ses talons et réitéra l'expérience, encore, et encore ; mais malgré ses efforts, impossible d'appréhender l'insaisissable félin invisible !

Dans un hurlement glaçant, le Bandersnatch régla leur sort à quatre Gardes Rouges à la fois, sa gueule puissante enserrant sans peine leurs solides armures. Les frères Tweedle n'étaient pas en reste : dos à dos, ils affrontaient bravement l'ennemi avec une fascinante précision de gestes et un parfait unisson ; d'autant plus qu'ils ne se disputaient pas ! Le Lièvre de Mars finit par surmonter sa frayeur paralysante et se mit à lancer à la tête des Gardes Rouges tout ce qui pouvait lui tomber sous les pattes, disséminant les soldats de droite et de gauche comme de vulgaires quilles…

Mais en dépit de la vaillance des uns et des autres, le nœud de l'affaire n'était pas là ; tout se jouait entre Alice et le Jabberwocky. La jeune fille, complètement accaparée, ne pouvait même pas s'assurer d'un coup d'œil que ses amis s'en sortaient bien…

Le long cou reptilien du monstre à peau de lézard s'étendant brusquement près d'elle, Alice saisit l'opportunité de grimper dessus. D'un bond agile, elle parvint à se hisser sur les écailles irrégulières dont les bords tranchants traversèrent ses gantelets d'argent. Le Jabberwocky se débattit comme un beau diable, voulant par tous les moyens la désarçonner, en vain.

Et voici que l'Épée Vorpaline, dans sa quête implacable, s'agita d'elle-même au poing d'Alice, poussée par une force mystérieuse, cherchant à massacrer l'infernale créature. La jeune fille s'agrippait, tant bien que mal, d'une main au veston du Jabberwocky pendant que le glaive magnifique tentait désespérément de frapper la créature au cou. Mais le poids d'Alice exerçait une tension telle sur les coutures du veston qu'un bouton lâcha soudain, suivi d'un deuxième, puis d'un troisième, si bien qu'il n'en restât plus qu'un, retenant la jeune fille par un fil ténu…

Alice ne pouvait plus du tout maîtriser l'Épée Vorpaline, à présent. Elle bougeait, tranchait furieusement. Aussi, lorsque le dernier bouton céda, Alice sauta le plus haut possible en s'égosillant :

— QU'ON LUI COUPE LA TÊTE !

Et d'un vibrant coup d'estoc, elle planta l'épée dans les vertèbres du Jabberwocky, décapitant enfin le monstre hideux. Elle atterrit alors à quelques pas de la tête massive, dont la gueule essaya encore, dans les affres de l'agonie, de l'attraper... Quand elle eut recouvré ses esprits, Alice, hors d'haleine, se releva en vacillant légèrement sur ses jambes. Elle ramassa la tête tranchée de son formidable adversaire et alla, titubante, la jeter aux pieds de la Reine Rouge.

La jeune fille n'avait même plus l'énergie de prononcer un mot. Qu'importe, le gigantesque cadavre de l'effroyable créature en disait bien assez long comme ça...

Là-dessus, Horribeth désigna Alice-Chevalier Blanc d'un index impérieux et proféra :

— TUEZ-LA !

Chapitre dix-neuf

Les combats cessèrent progressivement, dans la clairière. Alice, toujours trop essoufflée pour parler, fixait l'index péremptoire de la Reine Rouge, à quelques centimètres d'elle.

Mais contre toute attente, le Garde Rouge le plus proche des deux ennemies jeta son arme à terre en signe de rébellion.

— Plus question de vous suivre, Votre Majesté. À bas la Reine Rouge !

— COMMENT OSEZ-VOUS !

Horribeth s'étranglait presque de colère.

— QU'ON LUI COUPE LA TÊTE ! aboya-t-elle.

Or, un autre soldat posa son épée à ses pieds d'une mine provocante. Puis un autre. Et un autre encore, jusqu'à ce que l'armée tout entière eût fait sécession, les Gardes défiant maintenant la Reine Rouge du regard. La tyrannique souveraine se mit à trépigner de rage ; et ses hurlements redoublèrent quand sa couronne s'envola soudain de son crâne énorme, flottant toute seule dans les airs sous son nez. Horribeth tendit les mains pour s'en emparer. La couronne s'éloigna en douceur, alla coiffer délicatement la Reine Blanche ; le sourire en croissant de lune du Chat du comté de Cheshire se matérialisa alors au côté de Mirana, avant que le félin matois, enchanté de son coup, apparaisse enfin au complet.

La Reine Blanche, rentrant ainsi en possession de ses légitimes prérogatives, proclama :

— Horribeth de Crims ! Les exactions abominables dont tu t'es rendue coupable à l'encontre de l'Arrière-Pays seraient passibles de la peine capitale… ce que je ne cautionnerai jamais. En conséquence, je te condamne à l'exil. Tu seras conduite aux confins de l'Hors-Pays, où tu vivras désormais en recluse et sans aménité. Nul ne te prodiguera d'aide. Nul ne prêtera attention à toi. Nul ne t'adressera la parole. Tu n'auras pas un seul ami au monde…

Le Valet de Cœur se faufila auprès de Mirana et, se pliant en quatre dans une révérence scandaleuse de déférence feinte, il articula d'un ton mielleux :

— Votre Majesté… J'ose espérer que vous ne me tiendrez pas rigueur de…

— Pas un ami, *sauf celui-ci*, ajouta la Reine Blanche en désignant le sbire de sa sœur sans même daigner porter le regard sur lui. Ilosovich Stache, vous accompagnerez Horribeth en exil. Je vous bannis tous deux ensemble, et ce, jusqu'à la Fin des Temps de l'Arrière-Pays.

Le Valet de Cœur blêmit lorsque des Gardes se saisirent de lui et l'enchaînèrent à la Reine Rouge déchue.

— Au moins, nous nous avons, tous les deux…, minauda-t-elle, collée tout contre lui, en papillotant de ses gros yeux globuleux.

Pris de panique, Stache sortit un couteau de sa poche et tenta de la poignarder. Elle poussa un hurlement ; vite, le Chapelier s'interposa et désarma le Valet de Cœur qui tomba à genoux aux pieds de Mirana.

— Tuez-moi tout de suite, l'implora-t-il. Je vous en prie…

— Je ne vous dois aucune commisération, assena durement la Reine Blanche en le toisant sans une once de pitié.

Et ses hommes traînèrent l'infortuné couple de prisonniers vers la forêt. Ils disparaissaient au détour des bosquets, qu'Horribeth beuglait toujours :

— Vous avez voulu m'assassiner, Stache ! M'ASSASSINER, *moi* !

Ses cris s'éteignirent finalement dans le lointain ; une brise légère sembla charrier un souffle de bien-être sur la clairière. Immédiatement, le Chapelier se lança dans une danse frivole, frétillant avec enthousiasme, sautillant avec loufoquerie et chantant à tue-tête d'un air farfelu :

— Oh, quel Jour Frabieux ! Callouh ! Callock !

— Mais que fait-il ? pouffa Alice.

Elle avait ôté quelques pièces de son encombrante armure et se sentait plus libre de sa personne.

— Il *Giguendélire*, lui expliqua le Chat du comté de Cheshire, un sourire fendu aux oreilles.

Là-dessus, le Chapelier empoigna Alice et l'entraîna dans sa valse de toqué, effrénée, sauvage, exaltante. La jeune fille riait, riait à gorge déployée en virevoltant, bondissant, tournoyant à son bras. À la fin de quoi, le Chapelier lui prit le visage à deux mains et l'embrassa…

Les spectateurs détournèrent poliment le regard, respectant cet instant d'intimité. Quant au Chat du comté de Cheshire, il passa une patte réconfortante autour des épaules d'une Mally bien désappointée…

La Reine Blanche s'agenouilla alors auprès de

la dépouille de feu le Jabberwocky et récupéra une goutte de son sang dans une fiole de potion qu'elle alla ensuite remettre à Alice.

— Et une goutte de sang du Jabberwocky, récita Mirana qui venait enfin de terminer son mélange. Reçois notre gratitude éternelle, Alice. Ainsi que cette précieuse potion en gage de tes efforts et sacrifices en notre nom.

Alice examina le liquide à la lumière du soleil ; sa teinte jaune verdâtre l'étonna.

— Vais-je pouvoir rentrer chez moi, grâce à cela ? interrogea-t-elle.

— Si c'est ce que tu décidcs, oui, acquiesça la Reine Blanche.

Alice porta donc la fiole à ses lèvres, mais le Chapelier la retint, lui prenant à nouveau chaleureusement les mains.

— Tu pourrais aussi rester, remarqua-t-il d'un ton plein de promesses.

— Ça, c'est une idée, répliqua la jeune fille avec douceur. Une idée dingue, saugrenue... merveilleuse.

Elle contempla une fois encore toutes les créatures bizarres et fantastiques qu'elle avait côtoyées dans cet endroit bizarrement fantastique et fantastiquement bizarre. Oui, un lieu de fantaisie extraordinaire où il serait si *merveilleux* de vivre… Bavarder chaque jour avec des animaux ; explorer les collines, déserts et forêts à dos de Bandersnatch ; danser la *Giguendélire* au bras du Chapelier dès qu'elle le souhaiterait…

Alice soupira. Tout cela, c'était bien joli, mais comment oublier sa mère, sa sœur ? Tout ce qu'elle avait encore à régler et à accomplir dans son monde, le monde réel. Peu importaient ses désirs, elle ne pouvait pas rester. Du moins, pas maintenant, pas déjà. Plus tard, sans doute…

— Je *dois* partir, Chapelier, regretta-t-elle en lui prenant à son tour la main. J'y suis bien obligée ; il y a encore tant de questions sans réponse, et j'ai encore tant de choses à faire !

Elle but la potion d'une traite, puis elle promit :

— Je serai de retour avant même que vous vous aperceviez de mon absence.

— Tu ne te souviendras plus de moi…, déplora le Chapelier en secouant tristement la tête.

— Oh voyons ! s'exclama la jeune fille, insidieuse. Comment pourrais-je *jamais* oublier *ça…* ?

Le Chapelier sourit à cette remarque qui lui fit chaud au cœur. Son visage se mit à briller étrangement lorsqu'il se pencha à l'oreille d'Alice et lui chuchota avec connivence :

— Alors… *à bien sûr,* Alice !

Maintenant, c'était tout l'Arrière-Pays qui scintillait autour de lui. Puis sa main disparut de celles d'Alice tandis que le paysage se dissipait peu à peu…

… pour se fondre dans la clairière des Ascot, où Alice avait suivi le Lapin Blanc, au début de son aventure.

La jeune fille scruta un moment les environs, aveuglée par le soleil. Que faisait-elle là, avec des brins d'herbe dans ses cheveux emmêlés et sa robe dans un état pareil ? Déchirée, froissée : qu'avait-il pu se passer ? se demandait-elle. C'était tout de même singulier… S'était-elle endormie ? Alice aperçut brusquement le trou du terrier de lapin, au pied de la vieille souche.

— J'ai dû tomber dedans, décida-t-elle en se frottant le crâne, pensive.

Quelque chose lui revint soudain en mémoire. Quelque chose de furtif, un détail vague qui s'échappa avant qu'elle ait seulement pu le formuler…

Alice se redressa en époussetant ses jupons. Qu'elle en eût envie ou non, elle ferait mieux de rejoindre Hamish et les autres au plus vite…

La garden-party se poursuivait, plus morne cependant après la rebuffade d'Hamish au belvédère. Dire qu'Alice s'était enfuie sans répondre à sa demande en mariage ! Et devant tous ses invités, encore ! La plupart commentaient d'ailleurs à voix basse cet événement impensable, disséminés en petits groupes médisants, sur la grande pelouse luxuriante du manoir Ascot.

Hamish s'entretenait justement avec certains,

plutôt embarrassés par les confidences de ce jeune lord dont les favoris frémissaient à mesure qu'il rabâchait son humiliation.

— Vous vous rendez compte ? gémit-il. Elle m'a planté là, comme ça, sans un mot…

— Ce sont les nerfs, sans aucun doute, tenta de le rassurer Fiona. Elle aura craqué sous la surprise…

Tout le monde se tut à l'irruption d'Alice dans les jardins. Elle avançait tranquillement vers eux, dans une tenue dépenaillée des plus choquantes. On aurait pu la croire sortie d'un vrai champ de bataille !

— Alice ? bredouilla Hamish, sidéré.

— Seigneur Dieu ! s'exclama Lord Ascot. Êtes-vous blessée, ma chère ?

Helen Kingsleigh se précipita sur sa fille.

— Que t'est-il arrivé, Alice ? s'inquiéta-t-elle.

— Je suis tombée dans un trou, je me suis cogné la tête, expliqua la jeune fille, bien qu'elle eût le sentiment très net d'omettre le plus important de l'histoire.

— Vous êtes dans un état absolument *calamiteux*, renifla, hautaine, Lady Ascot.

Alice se retourna alors vers Hamish. Elle ne se souvenait pas de l'Arrière-Pays, ni de tout ce qu'elle avait vécu là-bas. Mais elle y avait acquis une toute nouvelle et inébranlable assurance. Une confiance, une foi en elle, qui lui permettait enfin de s'exprimer clairement.

— Je suis navrée, Hamish. Je ne peux vous épouser. Vous n'êtes pas l'homme qu'il me faut. Et puis, vous souffrez de ces fameux désordres digestifs…

Puis, s'adressant à sa sœur aînée :

— Je t'adore, Margaret. Mais c'est ma vie, tu comprends ; je dois la mener à *ma* manière. C'est à moi de choisir ce que j'entends en faire.

Debout auprès de sa femme, le beau-frère d'Alice, crispé, attendait son tour.

— Vous avez une chance folle d'avoir épousé Margaret, Lowell, déclara la jeune fille. Je sais que vous la traiterez comme il se doit. J'y veillerai dorénavant de *très près*…

L'homme pâlit, conscient qu'Alice faisait une allusion à peine voilée à ses infidélités. Mais sans le dénoncer pour autant…

— Quant à vous, Tante Imogène, continua-t-elle, votre prince est un pur fantasme. Vous devriez consulter quelqu'un, au sujet de vos hallucinations.

Relevant le menton, Alice, déterminée, pas

intimidée pour deux sous, fit ensuite face à Lady Ascot.

— Il se trouve que j'aime les lapins, lady Ascot, cracha-t-elle avec mépris. Tous les lapins. En particulier les lapins blancs.

L'aristocrate ne souffla mot, mais son expression réprobatrice s'avéra suffisamment éloquente… Alice, qui s'en fichait bien, se tourna enfin vers sa mère et l'embrassa.

— Ne vous tourmentez pas à mon sujet, Mère. Je saurai faire quelque chose d'utile de ma vie.

Helen, les larmes aux yeux, lui sourit avec fierté. Jamais sa fille n'avait autant ressemblé à son cher Charles qu'en cette minute ! Apercevant brusquement les sœurs Chattaway, parmi la foule d'invités, Alice ne put s'empêcher de les apostropher :

— C'est amusant ! Vous me rappelez des garçons rigolos, dont j'ai rêvé un jour. Des jumeaux…

Reprenant le fil de ses pensées, elle chercha du regard à qui elle voulait encore parler. Lord Ascot leva le doigt :

— Vous m'avez oublié…

— Loin de là, Sir, affirma Alice. Vous et moi, nous avons à discuter affaires.

— Quelle impertinence ! s'offusqua Lady Ascot.

— Je souhaiterais néanmoins écouter ce que Miss Kingsleigh a à me dire, contra péremptoirement le lord. Veuillez m'accompagner à mon bureau, ma chère…

Il prit Alice par le bras et l'entraîna vers le manoir. Mais elle pivota tout à coup sur ses talons :

— Oh, une dernière chose…

Et, retroussant ses jupons au-dessus de ses chevilles, elle esquissa quelques pas endiablés d'une joyeuse *Giguendélire* effrontée, folle, frivole… au grand scandale des uns, au vif plaisir des autres !

Cartes géographiques, registres, dossiers relatifs à la société que dirigeait autrefois Charles Kingsleigh encombraient le bureau de Lord Ascot. Alice, plongée dans l'étude d'un vaste planisphère, nota :

— Père m'avait confié qu'il envisageait d'étendre sa route commerciale jusqu'à Bornéo et Sumatra.

Elle suivit d'un doigt rêveur le contour des contrées exotiques évoquées, avant d'ajouter :

— Mais, à mon avis, il ne voyait pas assez loin.

— Pas assez loin ? répéta Lord Ascot, ébahi.

— Pourquoi ne pas investir la Chine ? C'est un pays vaste, riche, et l'Empire britannique a déjà un pied à Hong-Kong. Vous vous rendez compte, Sir ? Ouvrir le marché avec les Chinois ; être les pionniers, tracer la voie pour les autres !

Elle releva la tête. Lord Ascot décela dans ses yeux la même petite flamme passionnée qui embrasait le regard de Charles Kingsleigh…

— N'importe qui d'autre que vous, Alice, je l'accuserais d'avoir perdu la raison, admit-il. Mais je ne connais que trop bien cet éclat, dans vos yeux… Aussi, à défaut de devenir ma bru, peut-être pourriez-vous accepter d'entamer votre apprentissage au sein de la compagnie ?

Six mois plus tard

Alice, debout sur le pont d'un navire de la compagnie commerciale de Chine, saluait de la main sa mère, sa sœur et Lord Ascot venus lui dire au revoir sur le quai. Les grandes voiles blanches se gonflèrent quand le bâtiment quitta le port. La chevelure indisciplinée d'Alice dansait et flottait au vent iodé, comme un écho au sentiment de liberté qui envahissait l'âme de la jeune fille.

Un magnifique papillon monarque d'un bleu singulier vint soudain se poser sur son épaule, et un souvenir précis refit brusquement surface à la mémoire d'Alice…

— Tiens ! Bonjour, Absolem !

Comme satisfait d'avoir été reconnu et dignement salué, le papillon prit alors son envol, et Alice le contempla tandis qu'il s'élevait haut, si haut vers le ciel. Elle sourit, pleinement heureuse.

Elle commençait une autre vie, aujourd'hui ; un monde nouveau s'offrait enfin à elle. Un monde d'audace, de rêves et – qui sait ? – un monde de douces divagations…

Fin

« Pour l'éditeur, le principe est d'utiliser des papiers composés de fibres naturelles, renouvelables, recyclables et fabriquées à partir de bois issus de forêts qui adoptent un système d'aménagement durable. En outre, l'éditeur attend de ses fournisseurs de papier qu'ils s'inscrivent dans une démarche de certification environnementale reconnue. »

Imprimé en France par Jean Lamour – Groupe Qualibris
Dépôt légal : juillet 2010
20.20.2098.0/01– ISBN 978-2-01-202098-6
Loi n° 49956 du 16 juillet 1949
sur les publications destinées à la jeunesse